Nawgëlsky

Tome I
La légende de la Cinq Espéry

Joséphine Chouvet

Nawgëlsky

Tome I

La légende de la Cinq Espéry

Roman

LE LYS BLEU
ÉDITIONS

© Lys Bleu Éditions – Joséphine Chouvet

ISBN : 979-10-377-5574-2

À Fleur,
À mes amies que j'ai tant aimées,
À tous ceux que ce livre pourra faire rêver.

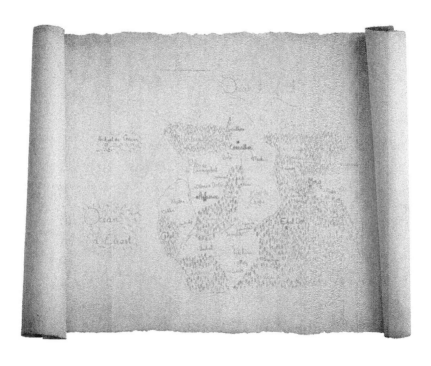

Prologue
La Cinq Espéry

Une brume épaisse recouvrait la terre aride, ne laissant aucun rayon illuminer le sol. Des arbrisseaux morts tombaient en poussière, couchés en travers de la route. La terre était sèche et craquelée. Des flaques d'eau trouble ondulaient ici et là, sans ordre apparent. Les seuls volatiles qu'on parvenait à apercevoir de temps en temps étaient noirs et poussaient des cris stridents. Aussi loin que portait le regard, le même paysage s'étendait, semblant ne plus finir. Le lieu aurait pu être inhabité.

Et pourtant, les cailloux se mirent à trembler à l'approche d'un pas martelant le sol. Un cheval immense galopait plus vite que le vent. Il était noir et l'on distinguait sur ses côtés de grandes ailes repliées contre ses flancs. Ses yeux étaient jaune d'or. L'étrange monture portait un être sur son dos : celui-ci arborait un long manteau des pieds à la tête. Mais la vitesse de la course retira la capuche qui masquait ses traits.

L'être avait la peau verte, des yeux magenta et des cornes ivoire de part et d'autre de sa tête qui lui donnaient un air effrayant. On devinait ses crocs pointus sous ses lèvres charnues. Une cicatrice courait sur sa face, lui barrant l'œil droit.

Bête et cavalier ne se souciaient pas de l'ambiance qui les entourait. Ils filaient sans s'arrêter. La bave écumante coulait entre les babines du destrier. Soudain, il déploya ses ailes qui se révélèrent semblables à celles de chauve-souris et prit son envol.

***

Un gigantesque château se dressait. Certaines de ses constructions étaient en ruines, le reste paraissait avoir été rénové. Une multitude de tours en pierre grise défiaient de leur hauteur le ciel voilé. Le temps avait noirci les murs. Des douves phénoménales constituaient une solide protection contre tout être indésirable. Des soldats patrouillaient, l'armure les couvrant tellement qu'on ne distinguait même plus leurs yeux.

Le cavalier arrivait. Son cheval atterrit et continua sur quelque distance sa course terrestre, avant de s'arrêter enfin devant les douves profondes, attendant qu'on le laisse passer. Les soldats l'ignorèrent. L'être à la peau verte ferma les yeux et prononça à voix basse quelques paroles inaudibles. Le pont-levis s'abaissa alors en grinçant et se posa dans un bruit sourd de l'autre côté des douves, devant le coursier. Le cavalier pénétra en trombe sur le pont-levis et dans le château. Après avoir passé une multitude de grilles qu'on avait levées devant lui, il entra dans une vaste cour. Un Humain, petit de taille, s'approcha et prit parti de s'occuper de la bête essoufflée du voyageur. Puis un autre personnage, haut et large de stature et tout semblable au nouvel arrivant, s'approcha de lui et il murmura :
« Le Maître t'attend. »

Les deux êtres s'engagèrent dans un long corridor. Rien que de la pierre. Au sol, au mur, au plafond, nul endroit où se posait le regard n'était autre que de la pierre. Une pierre gris terne. La couleur semblait avoir été bannie de cet univers. Après avoir traversé maints couloirs, escaliers, salles, tours, ils arrivèrent devant une imposante porte en bois magnifiquement sculptée mais représentant des scènes de guerre, de désastre, de sang, de terreur. La porte, tirée de l'intérieur, s'ouvrit lentement et les laissa entrer.

Cette salle était remplie de convives silencieux. Certains avaient la peau verte comme les nouveaux arrivants ; d'autres étaient petits et étaient d'un gris tel qu'ils auraient été invisibles si personne ne s'était tenu derrière eux ; une multitude d'êtres étranges se tenaient dans la foule semblablement. Un long tapis brun entouré de soldats armés jusqu'aux dents était déroulé au centre de la longue salle et courait jusqu'à un endroit surélevé où trônait un siège. Un personnage s'y tenait assis, appuyé sur les accoudoirs noirs.

L'être semblait ne pas avoir de corps palpable. Juste du brouillard opaque recouvert par une pèlerine plus noire que les ténèbres.

Lorsque les deux personnages parvinrent devant lui, ils mirent un genou à terre et gardèrent la tête baissée longtemps, dans un silence de mort. Puis une voix inhumaine, émise par l'être terrifiant de brume, semblant sortir des entrailles les plus sombres de l'histoire, leur ordonna :

« Relevez-vous. »

Les intéressés se redressèrent de concert. La voix reprit, gloussant :

« Glorc, mon fidèle Zorbag. Tu es revenu, dit-il au voyageur.

— Oui, Sire. Votre Majesté peut compter sur moi, répondit ledit Glorc. »

Le roi émit un gargouillement et aussitôt, une bulle les recouvrit, lui et son interlocuteur. À l'extérieur de cette bulle, personne n'entendait la conversation.

« J'espère pour toi, car je vais t'envoyer en mission de la plus haute importance. »

Glorc ravala sa salive. Il fallait qu'il réussisse cette mission à tout prix ou il n'en avait plus pour longtemps à vivre encore. Sans s'en soucier, l'autre reprit.

« As-tu déjà ouï l'histoire de la Cinq Espéry ?

— Oui, Sire. Cette vieille légende qui n'existe pas. Vous n'avez pas à vous en souci…

— JE NE T'AI PAS DEMANDÉ TON AVIS ! cracha le roi. »

Glorc eut un infime sursaut en arrière. Il était allé trop loin. Aussitôt, son interlocuteur se détendit, ses épaules, dont le contour était dessiné par la cape, se détendirent.

« Tu l'as déjà entendue ?

— Oui.

— Quelle est-elle ? »

Glorc poussa un soupir exaspéré mais s'exécuta :

« Il y a longtemps, cinq généraux des armées ennemies vous ont battu et humilié à Lonngabel. Ils vous ont repoussé jusqu'ici, vous condamnant à une vie de misère, sachant pourtant bien que vous reprendriez des forces pour attaquer de nouveau : ils ne pouvaient pas faire plus. Leurs cinq descendants pourraient, selon la légende, vous anéantir définitivement. Mais…

— Parfait. C'est tout ce que je te demande et rien de plus. Gare à toi. Vois-tu, cette "vieille légende", comme tu l'appelles, existe bel et bien, aussi vraie que tes deux cornes sur ta tête, stupide Zorbag. Vous avez beau être effrayants avec vos cornes et votre peau verte, la force de ton peuple a beau être sans égale, vous ne suffirez pas à annuler cette légende, encore moins à la contrer. La bataille de Lonngabel m'a ruiné. Mais je suis prêt à reprendre le contrôle du monde et tout sera à moi.

— Les Zorbags vous seront toujours fidèles.

— Pourquoi le seraient-ils ? »

La question désarçonna complètement Glorc. Il y a très longtemps, le roi immortel qui se tenait en face de lui avait passé un accord avec les Zorbags, le peuple de Glorc. Le roi leur avait juré, en échange de leur fidélité, de leur donner une partie des territoires qu'ils obtiendraient après leur victoire. Pourquoi le roi remettait-il en question cet accord ? Pourrait-il les trahir ? Malheureusement, c'était possible et si c'était le cas, ils ne pouvaient pas renoncer à leur fidélité jurée : le roi les anéantirait. Il était beaucoup trop puissant. Il avait besoin d'aide, certes, pour conquérir un monde entier mais détruire certains peuples lui était d'autant plus facile que de lever le petit doigt. La peur clouait les Zorbags sur place. Glorc ravala sa salive et sa fierté. Le roi reprit la parole :

« Revenons à ce que nous disions. Le temps de l'accomplissement de la légende approche et bientôt les cinq descendants de ces généraux se lèveront contre moi. Je veux que vous les accueilliez. Ils seront un petit divertissement avant la bataille que nous allons mener. Aucun prisonnier. Ai-je été clair ?

— Ou… oui, Votre Splendeur. »

La bulle s'estompa, les rendant audibles aux personnages qui patientaient tant bien que mal.

Le roi remonta sur son trône et éclata d'un rire lugubre.

« Et bientôt, le monde et sa Terreur seront à MOI ! »

Chapitre 1
L'homme et le loup

C'était la nuit noire dans la forêt, mais Walsckhum ne s'en était pas aperçu. Même le jour il y faisait noir comme dans un four.

Il avançait prudemment dans ce silence inquiétant, sursautant à chaque brindille qu'il faisait craquer sous ses sabots de bois. Il frissonna.

La chemise toute déchirée ne devait pas lui offrir beaucoup de chaleur, pas plus que son pantalon qui était fait de feuilles adroitement superposées entre elles. Celui de départ avait dû subir un sort plus grave que celui de la chemise... Et les pieds nus dans les sabots auraient sans doute avancé plus vite s'ils n'étaient pas ralentis par ce bois taillé qu'on appelait injustement « chaussures ». Si elles étaient là, c'était simplement pour protéger Walsckhum de quelques serpents ou autres bestioles indésirables.

Mais ce n'était pas de froid que Walsckhum avait frissonné. C'était de peur.

Pourtant, il en fallait beaucoup pour ébranler le courage de ce garçon.

Ses larges épaules avaient dû dégager le chemin des branches plus d'une fois. Les grands yeux bleu clair, s'il n'avait pas été en cet endroit à cet instant, auraient pétillé de détermination comme on en retrouve rarement. Un nez légèrement pointu accompagnait en un parfait accord les lèvres charnues du jeune homme. Ses cheveux châtain foncé retombaient en boucles brunes sur sa face d'un ovale parfait.

Il s'était arrêté et regardait droit devant lui.

Deux yeux jaunes semblaient défier ses bras puissants. Si on s'habituait à l'obscurité, on aurait distingué des crocs acérés qui auraient brillé au clair de lune mais celui-ci n'était pas assez puissant pour percer l'épais feuillage de la forêt.

Cette dernière se nommait Envaya mais dans sa partie nord, réputées étaient ces créatures dangereuses et inconnues. Cette partie de la forêt était d'ailleurs à juste titre surnommée la « Forêt Noire ».

Lentement, Walsckhum saisit un long et maigre bâton qui ne devait pas servir à grand-chose, sinon à effrayer son adversaire qui d'ailleurs semblait amusé plus qu'autre chose. Il se mit en position d'attaque.

Walsckhum se mit à paniquer, réfléchit à toute allure. Il choisit la retraite plus que l'affrontement. Il n'avait pas assez de force pour une telle chose. Il aligna ses longues jambes en un pas rapide et cadencé. Il aurait volontiers voulu courir mais ses forces et ses souliers de fortune ne le lui permettaient pas.

Le loup, car c'en était un, marchait deux pas derrière celui qu'il avait choisi comme victime.

Walsckhum pleurait. Des larmes lui léchaient les joues pour venir arroser la terre meuble. Des larmes de rage, de colère, de peur… d'impuissance aussi. Comme pour répondre à l'appel de ses pleurs, la pluie se mit à tomber avec une violence inouïe. On en voyait rarement de telles au-dehors de la Forêt, mais

Walsckhum était habitué. Cela faisait un an qu'il errait dans cet horrible territoire, il en avait vu des pires.

Néanmoins, cela sembla calmer la peur et l'instinct de survie du garçon. Trempé par le mélange de ses pleurs et de la pluie battante, il empoigna son bâton. Si ses forces l'avaient totalement abandonné, sa volonté seule le faisait tenir debout.

D'un geste désespéré, il envoya valdinguer, l'une après l'autre, ses chaussures de fortune. Aucune n'atteignit le loup qui semblait goûter le doux instant de la situation. Sa fourrure emmêlée par la fureur du ciel lui donnait un air plus effrayant encore. Walsckhum ralentit son allure et se mit à marcher normalement. Il atteignit finalement une minuscule clairière, si petite que c'est à peine si le loup pouvait s'y tenir tout entier à côté de sa victime. C'était plus un trou dans le feuillage qu'autre chose. Malgré cela, la lune jeta son éclat sur ce pelage meurtrier.

La bête était immense. Elle mesurait à peu près un mètre cinquante au garrot et ses crocs aiguisés étincelèrent sous l'éclat de l'astre.

La mâchoire serrée de la sensation d'impuissance, Walsckhum saisit son bâton et se mit en position de défense. Il n'avait pas besoin de voir que le loup perdait patience, comme un réservoir qui se vide lentement. Puis soudain, sans prévenir, l'animal disparut.

Walsckhum souffla. Il tomba à genoux sur la terre trempée, mais un grondement lui fit relever la tête. Le loup s'était juste déplacé et se tenait sur un rocher surélevé, pour être plus à l'aise. Il se tenait en position d'attaque, prêt à bondir. Walsckhum n'eut pas le temps de réagir. D'un saut formidable, le loup se jeta sur sa proie. Il y eut un hurlement de terreur, puis, plus rien.

Le silence recouvrit peu à peu le feuillage obscur, portant la douleur d'un nouveau deuil.

Chapitre 2
B 256

« Plus vite, Dralsing ! Plus vite ! »

Le cheval rejeta la tête en arrière, hennit puissamment et accéléra à une vitesse telle que son cavalier ne distinguait plus les arbres qui se trouvaient de part et d'autre de sa monture. Il pouvait juste apercevoir, à une distance de quatre-vingts mètres environ à sa droite, un épais filet bleu. C'était un fleuve.

La vitesse avec laquelle le personnage évoluait ne faisait qu'accentuer le froid des rafales fraîches du soir.

« Bien Dralsing ! Continue ! » lança pourtant le jeune homme à son destrier. Ils continuèrent ainsi leur course, remontant en sens inverse le cours de l'eau.

Ils arrêtèrent leur folle chevauchée dans une vaste clairière. Le cavalier mit pied à terre devant une petite hutte dont le toit était fait de chaume. De ce toit dépassait un conduit de cheminée, d'où il ne sortait aucune fumée. À gauche de la maison se trouvaient deux petites écuries. Et à droite de la même hutte se trouvait un puits alimenté par le fleuve.

« C'est bien mon grand », murmura le cavalier à l'oreille de son cheval. Il conduisit sa monture dans le box de droite. Celui de gauche était vide. Le jeune homme s'assura que son cheval avait tout ce qu'il lui fallait. Puis il entra dans la hutte.

L'intérieur était composé d'une unique pièce. Deux lits, une armoire, un placard, une table, une cheminée, deux tabourets meublaient cette salle à vivre. Les habitants se lavaient dans le fleuve. Deux petites fenêtres faisaient entrer la lumière du dehors.

Le cavalier retira sa cape couleur taupe et l'accrocha au porte-manteau. Le jeune homme était châtain clair. Ses yeux vert saphir brillaient de malice. Il se saisit des légumes posés dans un coin de la pièce et remplit rapidement une belle marmite. Bientôt, se dégagea de la petite maisonnée une délicieuse odeur de soupe.

Soudain, on frappa à la porte :

« Famir ! »

Le jeune homme se leva et alla regarder par le petit trou en haut de la porte d'entrée qui tenait lieu d'œil-de-bœuf. Dehors, une jeune fille attendait, souriante. Il ouvrit la porte. La jeune fille entra.

Elle était très belle. Elle avait des cheveux châtain foncé dont les deux mèches de devant étaient retenues derrière sa tête par un fin ruban vert mousse, de la même couleur que sa cape. Elle possédait les mêmes yeux verts que le jeune homme. Une robe rouge brique l'habillait jusqu'aux chevilles. Elle posa sa cape sur le porte-manteau, à côté de celle du jeune homme.

« Bonsoir Elëa ! Tu as passé une bonne journée ?

— Bonsoir Famir ! Ma journée a été quelque peu fatigante. Bah, tu sais, les journées au marché n'ont rien de très reposant. Vendre les deux sangliers a été une tâche plutôt ardue. Mais bon, on s'en sort quand même. Et toi ?

— Oh, moi ? J'ai eu une journée habituelle, à s'ennuyer à la maison. »

Elle alla s'allonger sur l'un des deux lits et posa sa sacoche par terre. Elle ferma les yeux longuement. Famir la regarda avec tendresse. Sa sœur jumelle avait toujours été là pour lui depuis la mort de leurs parents. Il était prêt à tout faire pour elle. Elle se redressa et le regarda droit dans les yeux.

« Tu me prends pour une idiote ? Je sais très bien que tu es sorti aujourd'hui ! Ta journée soi-disant tranquille à la maison n'existe pas ! Je le sais très bien ! Ta cape est pleine de boue ! »

Famir leva un sourcil interrogateur. Son cœur battait la chamade et il n'en voulait rien laisser paraître. Savait-elle donc tout ? De ses escapades ? De ses mensonges ?

« Je l'ai lavée hier. Pendant que tu es allé nettoyer l'écurie. La boue ne se colle pas sur une cape qui reste bien au chaud ! Tu es sorti aujourd'hui ! »

Famir regarda Elëa. Il soupira. Jamais il n'aurait cru que des détails aussi infimes puissent lui sauter aux yeux ainsi. Il se trahissait lui-même.

« Et de plus, continua-t-elle, Dralsing est censé rester à l'écurie. Si c'était le cas, il n'aurait pas les jambes aussi musclées. Elles sont aussi musclées que celles de Comète ! Ce n'est pas normal ! Le jour où tu l'as recueilli, on avait convenu qu'il reste ici ! Et depuis la mort de Père et de Mère, on avait aussi convenu qu'on resterait un jour sur deux, chacun à notre tour, à la maison pour veiller sur elle. C'est tout ce qui nous reste des parents, c'est tout ce qui reste de notre enfance. Avec les temps qui courent, c'est plus prudent. Pourquoi est-ce que tu sors ? Pourquoi ? Tu te fous donc de tout, de ce qu'on dit, de ton père, de ta mère, des chevaux, de ta sœur jumelle ? Le jour où tu reviendras après ta petite escapade et que la maison sera en feu, tu feras quoi ? »

Elëa s'était brusquement enflammée et elle lui envoyait telle une gifle des paroles douloureuses et Famir ne savait que dire pour sa défense. Il savait qu'il avait tort, mais il détestait se faire ainsi rabrouer comme un petit enfant. Elëa étai rouge de s'être tant échauffée. Elle se tut. Famir s'inquiéta beaucoup. Il ne fallait pas qu'elle sache. Pas ça. Il se mit à espérer profondément qu'elle ne devinât pas ce qu'il faisait.

« Je ne me fous pas de tout et je ne me fous pas de père et de mère ! Tu n'as pas le droit de me dire ça ! Personne n'a jamais attaqué la maison ! Qui viendrait mettre le feu à Envaya ! La partie sud-est tout habitée ! Pour quoi faire ? Hein ? Réponds-moi ! Tu ne sais pas ce que je ressens. Tu ne connais pas aussi bien ma vie que moi je ne la connais. Tu ne sais rien de moi ! »

Il fulminait. Il s'était lui aussi laissé emporter. Avant qu'Elëa ait pu le retenir, il enfila sa cape et s'élança au-dehors pour aller vers Dralsing. Il harnacha sa monture avec des gestes très rapides, sans doute mille fois répétés. Au moment où sa sœur pénétrait dans l'écurie, il avait déjà disparu.

Famir se mit à pleurer. Il ne pouvait pas laisser sa sœur dire qu'il ne pensait pas à ses parents. Il se souvint de ce jour, où, avec Elëa après une journée où ils avaient beaucoup ri, ils avaient attendu leurs parents. Au bout de trois jours, ils s'étaient sérieusement mis à trouver le temps long. Une amie de leur mère était venue leur dire qu'ils ne reviendraient plus jamais. Toute sa rage et sa tristesse contenues depuis toutes ces années ressortaient. Ses larmes coulaient sur ses joues jusqu'à venir perler sur son menton. Il goûta la saveur de quelques-unes quand celles-ci déviaient leur trajectoire pour pénétrer entre ses lèvres.

Le vent lui fouettait le visage. Sous ce souffle puissant et bercé par le galop régulier de Dralsing, Famir se calma et ses larmes disparurent. Il avait laissé son destrier le mener où bon il lui semblait. Après avoir observé autour de lui, Famir comprit que son cheval l'emmenait vers le marché. Il se laissa faire.

Arrivé au marché sur la place principale d'un petit village, Famir attacha son cheval à une barre prévue à cet usage, où d'autres bêtes buvaient avidement. Les marchands commençaient à ranger leurs étalages. Derrière lui, le jeune homme entendit deux voix d'hommes discuter :

« Ah, j'suis bien content ! La somme qu'j'ai eue, tu t'en doutes pas, hein ? Une fortune en un seul jour, c'est beaucoup, et tout ça grâce à mon beau sanglier. Maint'nant qu'ils s'font rares…

— Ouais, on en voit de moins en moins. Ils partent comme des petits pains, à une vitesse fulgurante. Faut être les premiers à arriver pour en avoir un… »

Famir n'en écouta pas plus long. C'était la première fois qu'il détectait un mensonge chez sa sœur. Il n'avait pas eu de mal à comprendre ; les sangliers étaient pratiquement introuvables. Avec deux sangliers, Elëa avait dû les vendre en un rien de temps ! Et le reste de la journée, elle avait sans doute fait autre chose, certainement pas une paisible journée au marché !

« Famir ! »

Une voix familière l'interpella. Il se retourna et aperçut sa sœur sur Comète.

Ils étaient tous les deux d'accord, ils allaient devoir s'expliquer.

Arrivés à leur chaumière, ils ouvrirent la porte de leur habitation. Le feu dans la cheminée illuminait l'intérieur. Ils s'installèrent autour de la table, sans un mot. Famir servit le bouillon. C'est Elëa qui rompit le silence :

« Tu fais quoi pendant ta journée, si tu ne restes pas à la maison ?

— Les dames d'abord. »

Elëa soupira. C'était la première fois de toute sa vie que son frère était galant, et ce n'était pas pour la bonne cause.

« Euh… Tu sais ce qui se passe en ce moment, au Conralbor ? »

Famir hocha la tête. Elëa poursuivit, embarrassée :

« Eh bien… Tu sais que l'Ennemi cherche des espions ?

— Oui.

— Sans réfléchir, je me suis engagée à son service. Et je suis à sa disposition le reste de la journée. Mon nom d'espion est B256. Voilà. Et toi ? »

Elëa fut très étonnée en entendant :

« Pareil. Je suis A158. »

Elle leva les yeux vers son frère, ahurie. Elle n'aurait jamais pensé que Famir avait eu la même stupide idée qu'elle. Elle continua :

« Tu sais, dans deux jours, on sort de nos dix-neuf ans. Maman disait que chez les Humains, les dix-huit ans, ils appellent cet âge "l'âge majeur". C'est un âge où ils sont considérés comme adultes, comme personnes capables de faire leur vie raisonnablement. J'y ai bien réfléchi, j'arrête d'être son espionne. C'est ma décision de ce que les gens du peuple de Maman appellent "majeur". Je veux le faire avant d'avoir dix-neuf ans.

— Tu sais quel sort l'Ennemi réserve à ceux qui abandonnent leur poste ?

— Oui, j'en suis bien consciente. Mais je ne peux pas continuer à faire ça. C'est certain, rien n'est perdu. Je suis persuadée qu'il faut chercher à reconstituer la légende de la Cinq Espéry.

— Euh… C'est pas pour te vexer, mais je trouve ton idée un peu… ridicule : ils ne seraient pas assez forts pour le vaincre.

— En tout cas, c'est ma décision à moi. Je quitte mon poste, et je lui résiste. De plus, je sais que je ne suis pas la seule à penser ça. Et toi, que vas-tu faire ?

— Moi, je dois réfléchir. »

Il se leva, se dirigea vers la porte.

Elëa le laissa faire. À chaque fois qu'il devait prendre une décision importante, il allait dans une clairière non loin de leur maison. Il prit une lanterne, car la nuit était presque complètement tombée, dehors. Il monta sur Dralsing, et s'en alla dans la nuit noire.

Mais au lieu d'aller dans une clairière, comme l'avait supposé sa sœur, il longeait le bord du fleuve. Il connaissait déjà sa décision. Il repensa à tout ce que lui avait dit sa sœur.

Ainsi, elle était B256 ! B256, B256… Ce serait terrible pour elle si quelqu'un la dénonçait, elle serait punie d'une mort atroce. Il préférait ne pas y penser. Il accéléra sa monture pour pouvoir agir avant de changer d'avis. Ce qu'il allait faire lui déchirerait le cœur, mais il tenait à sa propre vie.

Au bout de dix minutes, il arriva devant un pont de pierre qui enjambait le cours d'eau. Il s'y engagea. De l'autre côté, il attacha son cheval à une branche, et il siffla, deux doigts dans la bouche, trois petits coups répétés. Puis il attendit.

Au départ, seul le silence de la nuit répondit à son appel.

Enfin, lentement, des bruits de pas très discrets et lointains purent se distinguer. Ils se rapprochèrent. Et enfin, voici qu'une hideuse créature surgit d'entre les arbres. Famir la regarda sans peur. Ce n'était pas la première fois qu'il en voyait une.

« Bonsoir » dit-il tout simplement.

La créature lui répondit, d'une voix rauque :

« Je m'appelle M984, le Zorbag. Et vous ?

— Je suis A158. Je suis un Alzibur.

— Pourquoi me déranger à cette heure ? »

Famir repensa à B256, à sa sœur. Il laissa de côté son rôle de frère pour prendre celui d'espion, ferma les yeux et prononça dans un souffle :

« C'est juste pour vous avertir que B256 a l'intention de démissionner. »

Chapitre 3
La belle Allemagne

« Ah ! On est arrivé ! L'hôtel Der Fuerstenhof ! Bienvenue, tout le monde ! »

La façade de l'hôtel était magnifique. Elle était toute blanche, et, si on ne prenait pas en compte les chambres qui se trouvaient dans le toit, on voyait trois étages.

Ils y entrèrent. Le guichet les accueillit fort bien, en demandant à quels noms ils avaient réservé. Un grand jeune homme, aux cheveux noir de jais et aux yeux marrons, Thomas, les informa sur leurs noms, en indiquant bien que la chambre qu'ils avaient réservée comportait normalement quatre lits. Le monsieur leur assura que ces précautions avaient bien été prises. On leur confia la clé de la chambre numéro 229, au troisième étage.

« Bosco ?

— Oui, Tom ?

— Peux-tu installer nos affaires dans cette chambre pendant que nous payons ?

— Bien sûr ! »

Bosco était un jeune homme amical au teint mat, aux cheveux châtains et aux yeux bruns qui rendaient son regard profond. Il prit les affaires de tous les voyageurs du groupe, prit les clés et monta dans l'ascenseur. Arrivé au bon étage, il chercha la chambre correspondante, qu'il ouvrit. Il posa toutes les valises derrière la porte toute peinte de vert.

La chambre était très charmante à son goût. Un parquet sur lequel il était agréable de marcher tapissait le sol. Quatre lits soigneusement préparés se trouvaient contre les murs de la chambre et à côté de chaque lit, se trouvait un placard. Sur le mur du fond, dans lequel se découpaient deux grandes fenêtres, il y avait une petite commode. Dessus, on voyait, posée, une boîte en forme de pavé, en verre. Sur la face du fond était accrochée une boussole. Une porte se trouvait tout au fond de la chambre et, en l'ouvrant, Bosco y vit une magnifique salle de bain, dont des carreaux couleur ivoire couvraient le mur, et des mosaïques qui alternaient la couleur beige et le rouge rubis, sur le sol. À travers l'une des deux fenêtres, Bosco contemplait le soleil couchant. Les rayons de l'astre venaient rayonner jusque dans la chambre.

Il repensait aux évènements de cette journée qui était celle du lendemain de son anniversaire de vingt ans : ses amis et lui avaient organisé de longue date cette petite semaine vacancière, dans le but de se retrouver pour un long moment sans trop être préoccupé par leur travail. Si ce voyage était un prétexte pour fêter son anniversaire, c'était surtout un petit cadeau qu'ils s'offraient à tous les quatre, lui, Stanislas, Xavier et Thomas. Ils rêvaient depuis longtemps à ce petit moment privilégié entre eux.

Soudain, il fronça les sourcils ; il avait un pressentiment étrange. Comme si quelque chose dans cette chambre n'allait pas. Il regarda à nouveau la boussole, et s'aperçut que son aiguille se dirigeait du côté du soleil couchant, c'est-à-dire le côté ouest. Bosco vérifia avec sa propre boussole, dont l'aiguille n'indiquait pas la même direction. Ses amis entraient dans la chambre alors que Bosco comparait encore les deux boussoles.

« Coucou Bosco ! Une lettre est déjà arrivée. Elle est pour toi ! »

Bosco ouvrit proprement l'enveloppe. À l'intérieur se trouvait une carte. Voici le texte qu'elle contenait :

« Mon cher Bosco,

Joyeux anniversaire encore une fois ! Je n'arrive pas à croire que tu aies vingt ans !

J'espère que votre voyage s'est bien passé. Si j'ai bien compris, tes amis et toi êtes allés à Kempten, dans l'hôtel Der Fuerstenhof, je crois ? J'aurais bien aimé vous accompagner ! Pour mes études, j'étais moi aussi partie pendant six mois dans le sud de l'Allemagne. Je crois que j'ai compris que ce n'est pas que pour toi que ce voyage est organisé ! J'imagine que tes amis en profitent aussi pleinement… Embrasse-les de ma part ! Je pense que tu vas passer une semaine merveilleuse. Profite bien de ton séjour en Allemagne.

Je t'embrasse très fort ! Reviens vite me voir ; tu me manques déjà !

Ta Maman qui t'aime

PS 1 : J'ai écrit cette lettre alors que tu étais encore à la maison pour qu'elle arrive dès le premier jour.

PS 2 : Cette enveloppe contient quelque chose qui contribuera au paiement de l'hôtel et aux petits souvenirs que tu voudras rapporter. »

Derrière ce petit mot se trouvait un billet de cinquante euros.

Bosco se retourna vers ses amis et leur récapitula le contenu de la lettre, puis les remercia de la part de sa maman.

Ce soir-là, pour commencer joyeusement leur semaine, ils allèrent dîner dans un petit restaurant pittoresque.

Lorsqu'ils rentrèrent dans leur chambre, il était minuit passé et ils s'endormirent bien vite. Bosco, lui ne parvenait pas à trouver le sommeil. Il était trop heureux pour s'endormir tout de suite. Enfin, il trouva une position et confortable, et ses paupières se baissèrent doucement.

Un bruit le réveilla et le maintint hors du repos. Une espèce de petit tic-tac d'horloge, mais beaucoup plus rapide et incongru. De plus, il n'y avait pas d'horloge dans la chambre, Bosco l'avait très bien remarqué dès leur arrivée. Il se leva, car il savait que s'il ne trouvait pas la cause de ce bruit, il mettrait encore beaucoup de temps à fermer les yeux puis à s'endormir et il voulait être en pleine forme pour profiter à fond de son séjour.

Son oreille l'orienta vers la petite commode. À la faible lueur des lampadaires du dehors, il vit que l'aiguille de la boussole tournait à une vitesse folle.

Rassuré, il se recoucha et goûta à un repos bien mérité jusqu'au lendemain.

Chapitre 4
La boussole

Au petit matin, Xavier se réveilla. Il n'y avait personne. Redressé sur sa couche, il se demanda ce qu'il faisait dans un lit qui n'était pas le sien et dans une chambre qui n'était pas la sienne. Il se souvint alors de tout. Bosco, Tomas, Stanislas, le restaurant… Il se leva d'un bond. Aujourd'hui, ils avaient prévu d'aller au château de Neuchwanstein, à quelque temps d'ici en car. Ou alors ils allaient prendre la voiture qu'ils allaient louer. Il n'était pas matinal, il le savait bien. Il ne voulait pas retarder ses amis qui l'attendaient déjà sûrement.

Il les retrouva dans la cantine de l'hôtel, en train de petit-déjeuner.

« Ah ! Le petit Xav est bien matinal ! Allez, viens t'asseoir ! Pour le petit-déj, faut que t'ailles te servir dans le self là-bas ! On t'attend mais dépêche-toi quand même un peu ! »

« Désolé !

— Mais ne t'inquiète pas, voyons ! On est en vacances ! Relaxe-toi un peu, mon vieux ! Dans une heure, on part chercher une voiture de location et après on file au château de Neuchwanstein jusqu'au déjeuner.

— Ça marche ! »

Quand ils furent prêts, pour se mettre en forme, ils se mirent à courir dans la rue pour aller vers le garage de location le plus proche.

Avant de commencer la visite, Bosco voulut remplir sa gourde d'eau pour aller boire.

Il s'éloigna de ses amis et chercha un point d'eau. Les toilettes étaient propres et bien entretenues, mais sans aucune trace de lavabo ou de robinet. Après avoir fait trois fois le tour des toilettes, il s'éloigna encore un peu plus et devant lui, il vit à son plus grand étonnement la boussole. Il la ramassa, la retourna entre ses mains et s'aperçut que c'était bien celle de l'hôtel : elle était désorientée. Il reprit ses recherches. Il n'y fit pas attention jusqu'à ce que le tic-tic entendu la nuit même se fit entendre à nouveau.

L'aiguille avait repris sa course folle et tournait si vite que le jeune homme ne la voyait plus. Au bout d'une minute, l'aiguille s'immobilisa net. Elle était orientée dans une direction qui n'était ni le nord ni l'ouest.

Bosco, curieux, suivit cette voie qu'on lui indiquait et trouva les robinets derrière un gros rocher. Une fois qu'il eut enfin rempli sa gourde, alors et seulement l'aiguille se remit à tourner sur elle-même.

Bosco en fut éberlué. Jamais il n'avait rencontré quelque chose de si incongru mais qui lui retenait autant l'attention.

Sa vie jusqu'alors calme et paisible allait être marquée par cette boussole.

À jamais.

Chapitre 5
Neuschwanstein

Il rejoignit en courant ses amis qui l'attendaient. Il prit le billet que Stanislas lui tendait et pénétra dans le bâtiment, précédé de ses amis.

La visite était passionnante. Les pièces colorées se succédaient en même temps que l'histoire du château. Bosco en oublia presque l'étrange objet. Mais à un moment, le petit bruit reprit.

La boussole était réanimée de mouvements.

« Je reviens tout de suite, je vais aux toilettes. »

C'est quand ses amis le regardèrent que Bosco comprit que c'était lui qui avait parlé. Il se vit saluer ses amis et sortir de la salle dans laquelle ils étaient.

« Mais qu'est-ce qui t'arrive, Bosco ? » s'interrogea-t-il.

Ses jambes étaient animées par une autre volonté que la sienne pourtant il ne tentait rien pour la contrer. Ses pas le menèrent devant une porte avec une pancarte marquée des lettres : « Accès interdit ».

Impuissant de ses mouvements, il se sentit regarder à droite et à gauche, ouvrir la porte et la refermer discrètement. À cette heure-là, tous les visiteurs étaient dans un autre endroit du château car les visites libres n'étaient permises que l'après-midi. Les guides n'étaient pas encore venus par ici.

De l'autre côté de la porte, Bosco se mit à monter les marches rapidement. Une autre porte en bois se dressait face à lui. Elle était petite, et Bosco put facilement la pousser et dut se baisser pour entrer à l'intérieur de la pièce.

La pièce en question était totalement vide, excepté la énième porte en bois qui se trouvait au fond. L'aiguille de la boussole s'orientait dans cette direction et s'immobilisa. Le jeune homme ouvrit la porte.

À l'intérieur se trouvait un couloir interminable, rempli d'eau. Si Bosco entrait, il chutait d'une hauteur d'au moins cinq mètres, avant de tomber dans l'eau. Bosco voulait faire demi-tour, mais la force irrésistible était plus forte que jamais et l'entraînait dans la direction du couloir. Il eut une impression de perte d'équilibre, et il tomba dans l'eau la tête la première.

Le fait d'être tout retourné dans l'eau fit que Bosco ne parvenait pas à trouver la surface, d'autant plus qu'il sentit quelque chose s'enrouler autour de son bras et l'attirer vers le fond.

Il perdit connaissance.

Chapitre 6
Incertitudes

Lorsque Bosco reprit ses esprits, il se trouvait sur une plage de sable fin déserte. En bordure de cette plage se trouvait un grand terrain d'herbe.

Bosco se hissa jusqu'au gazon, car le sable l'incommodait. Puis il s'allongea et ferma les yeux un instant en se remémorant tous les évènements vécus depuis qu'il avait aperçu la boussole qui, elle, avait disparu. Il se releva.

Le soleil disparaissait déjà à l'horizon. Bientôt, ce fut la nuit noire. Bosco était complètement perdu. Comment était-il passé de Neuchwanstein à cette plage ? Dans quel pays se trouvait-il réellement ?

Était-ce possible qu'il fût arrivé dans un endroit complètement différent de son quotidien ? En Chine, ou en Argentine ? Sur une île qui n'avait pas encore été découverte ?

Il imagina les éventuels éléphants d'Asie qui l'accueilleraient le lendemain, les baobabs imposants comme dans les contes d'Afrique qu'il lisait quand il était petit, les pygmées qui le regarderaient curieusement…

Une quantité de questions lui hantaient l'esprit, et elles restèrent sans réponses.

Chapitre 7
La mer

Plusieurs fois, Bosco se réveilla durant la nuit. Le moindre bruit le faisait sortir du sommeil léger dans lequel il s'était plongé. Mais cette fois-là, il ne parvint pas à se rendormir.

Il se leva donc, épousseta le pull qu'il portait et qui était recouvert d'herbe fraîche. Une bise marine glacée lui procurait des frissons. Il se mit à marcher de long en large sur l'immense pelouse.

Près de lui, à quelques jets de pierre, se trouvait la mer.

Les vagues roulaient sur la plage. Son rugissement était calme et régulier. Bien que le jeune homme ne distinguât pas l'écume, il l'entendait mousser en des millions de petites bulles. Bosco s'approcha de la mer. Il se mit à longer la côte, sans but apparent. De toute façon, qu'avait-il d'autre à faire ? Marcher éveillé le rendait moins vulnérable aux quelques bêtes qui traînaient sans doute dans les parages. Peut-être pourrait-il arriver dans une plus grande ville qui lui indiquerait le lieu où il serait tombé…

Il arriva au niveau de la forêt. Les troncs étaient épais mais espacés. Aucune route ne cheminait entre les arbres. Bosco fit de son mieux pour continuer le long des vagues. Si jamais il n'arrivait à rien, il pourrait toujours revenir sur ses pas pour être sûr de retrouve l'endroit d'où il était parti.

Soudain, un bruissement. Bosco tourna la tête, mais ne vit rien. Le bruissement continua, enfla, et semblait s'approcher de plus en plus vite. Bosco se mit à paniquer. Il souffla, se répétant que c'était normal qu'il y ait de tels bruits dans les forêts. Il accéléra son rythme tout de même.

Une flaque sombre mouvante et bouillonnante s'arrêta aux pieds du jeune homme, puis prit une forme. C'était un être difforme qui se déplaçait sans jambes. Deux membres grotesques avaient l'air de faire office de bras. Bosco voyait briller deux minuscules yeux rouges qui le sondaient, à coup sûr. La bête avait l'air d'être faite de boue qui grouillait, menaçante. L'ensemble était véritablement effrayant, surtout pendant la nuit au clair de la lune.

La créature se rua sur le jeune homme.

Elle reprit sa forme de flaque, prenant plus d'ampleur sur son visage. Elle lui bloqua les narines et la bouche, empêchant toute particule d'air de pénétrer dans sa poitrine. Bosco étouffait. Les rouages de son cerveau qu'il avait activés pour pouvoir se défendre ne lui étaient plus d'aucune utilité. Le jeune homme sentait à sa taille l'eau de mer qui le glaçait jusqu'aux os. S'il n'avait pas eu de chaussures, il aurait senti sous ses pieds des rochers saillants et coupants. Il tomba en arrière, la créature le lâcha. Il ne put que respirer légèrement car déjà l'eau faisait office de nouvel adversaire, l'oppressant tout autant.

Sa tête tomba sur une pierre pointue qui le blessa sérieusement. Il allait mourir.

Chapitre 8
Astrid

Un pépiement lui fit ouvrir les yeux. Il faisait jour et les rayons chaleureux de soleil, insouciants de ce qui s'était passé, réconfortèrent le cœur de Bosco. Il avait quelques maux de tête, certes, mais au moins il était bien vivant ! Une personne bienveillante l'avait sans doute trouvé ainsi, gisant à demi mort, et s'en était occupé. Mais il y a une chose que Bosco ne comprenait pas. La blessure lui avait paru si sérieuse. Comment aurait-elle pu cicatriser aussi vite ?

Il se redressa. Il voyait, quelques arbres plus loin, une nouvelle plage qu'il ne connaissait pas. La forêt avait un tout autre aspect, vu le jour. Bosco respirait ; il sentait l'oxygène circuler dans ses veines. Il n'aurait jamais cru pouvoir le ressentir aussi agréablement. Que c'était bon !

Sa motivation de la veille l'avait quitté. S'il était en Chine, à quoi bon continuer ? Il n'était pas certain de trouver un logement accueillant, des personnes compréhensives… La bonté de son sauveur lui laissait tout de même des doutes. Peu de personnes étaient comme cela… Et puis, qui sait si personne ne le pendrait pour un fou ? Se retrouver ainsi, en un tout autre pays que le sien, sans aucun moyen de transport… Cela tenait du délire !

Pour obtenir au moins une réponse, il s'enfonça à nouveau dans la mer houleuse. Il n'y avait qu'une multitude de rochers. Il aurait dû mourir... Pourquoi et comment était-il encore vivant ? Mystère...

Il n'avait fait qu'augmenter l'interrogation qu'il avait cru résoudre. Désemparé, il retourna dans la clairière où il avait ouvert les yeux.

Épuisé, Bosco décida de faire une pause. Il s'accota à un arbre et ne bougea plus. Il avait vécu plus de choses en deux jours que dans toute sa vie entière.

Soudain, une flèche fendit l'air et vint se planter dans l'arbre, à quelques centimètres de son torse et de son cœur. Tétanisé par la peur de revivre une nouvelle expérience peu recommandable, il restait immobile. Mais comme rien d'autre ne surgit plus, il se décida enfin à marcher et à continuer sa quête.

***

Sévhol soupira. Il resserra ses protège-poignets et siffla. Un superbe cheval apparut quelques instants après entre les arbres. En un bond, Sévhol était en selle. Il galopa aussi vite que le vent. Il ferma les yeux, laissant à sa monture le soin de le guider.

Devant lui se matérialisa un vortex bruyant et coloré. Le cavalier fonçait droit à l'intérieur. Pendant quelques instants, son cheval sembla progresser au ralenti dans un espace ou aucun membre ne répondait, sinon désespérément lentement. Enfin, le vortex prit forme, et la monture continua à une vitesse digne de son allure. Sévhol se retrouva dans une prairie gigantesque, qui se prolongeait aussi loin que portait le regard. Le vent y dessinait des vagues sur les herbes hautes et on en avait presque le mal de mer. En bordure de cet océan vert, une forêt interminable siégeait, cernant les herbes. Des taches éclatantes de couleurs étaient parsemées. Mais l'on sentait tout de même un poids régner dans l'atmosphère.

Sévhol mit pied à terre et attendit. Son cheval alla caracoler un peu plus loin.

Enfin, au loin, on put voir une silhouette encapuchonnée qui s'avançait doucement. Même de près, on ne distinguait pas les traits de son visage. Le mystérieux personnage retira sa capuche et dévoila son visage au grand jour.

C'était une jeune femme au regard triste. De longs cheveux roux ondulés cascadaient jusqu'à sa taille.

Sévhol se retint de la prendre dans ses bras. Il la connaissait, elle le connaissait et ils ne s'étaient pas vus depuis bien longtemps.

« Bonjour Astrid.

— Bonjour, Sévhol. Pourquoi m'as-tu contactée ? »

Il cacha sa déception. Il s'était attendu à autre chose, mais la jeune femme lui en voulait toujours, et il le savait bien. Leur passif n'était pas tout rose. Il ravala sa fierté.

« J'ai eu mission de suivre un jeune homme. C'est Bosco, le descendant de Théophile. Il est arrivé il y a une semaine environ. »

Elle ne put masquer son intérêt.

« Lui ?

— En personne.

— Et pourquoi est-il là ?

— Tu connais sans doute l'histoire… »

Elle soupira et le regarda avec exaspération.

« Ne me dis pas que tu crois en tout ça ? Cinq personnes et paf, plus d'ennuis, envolés disparus ? »

Il baissa les yeux et fixa ses pieds. Il était un grand guerrier mais il perdait tous ses moyens devant la femme qui le regardait.

« Voyons, Sévhol ! Reprends-toi ! Comment cinq débutants sans expérience pourraient faire mieux que cinq grands généraux confirmés ? J'attends ta réponse. »

Un silence s'installa. Il ne savait que répondre. Soudain, il revit sa famille anéantie dans la douleur. Il la revit, cette famille qu'il avait perdue. Et alors, il se souvint que le combat qu'il menait quotidiennement, que les missions qu'il accomplissait sans relâche avaient du sens. Son regard s'éclaira avec une sauvage ardeur. Il leva la tête et dévisagea Astrid, la face déformée par la colère.

« Parce que j'y crois, répondit-il enfin avec assurance. Et que d'autres y croient aussi. Beaucoup de gens se lamentent et attendent que le salut vienne du ciel. Mais non, Astrid ! Les pires ennemis de l'espoir ne sont pas les sbires de l'Ennemi, mais tous ceux qui n'y croient pas. Astrid, c'est à cause de tous les gens comme toi que Nawgëlsky court à sa perte. Tu ne pourras pleurer que sur toi même quand toute ta famille périra. La force de l'espoir et de l'espérance est si grande que nul ne peut l'imaginer. Nul, tu entends ? Et pourtant, il suffit de gens comme toi pour que tout s'effondre. »

Il avait perdu tout son calme et tout son embarras. Astrid le reconnaissait enfin, à présent.

« Il suffit de gens comme toi pour que rien ne tienne et que tout soit réduit à néant. Aussi ridicule que soit cette légende, je donnerai ma vie pour elle et je ne suis pas le seul à affirmer cela. D'autres personnes l'ont déjà fait. As-tu quelque chose de mieux à proposer ? Et ce n'est certainement pas toi qui vas me dicter et me reprocher ma conduite. Moi aussi je suis quelqu'un de responsable. Moi aussi je veux donner ma vie pour les gens comme toi qui ne soutiennent que le malheur. Alors moi aussi, j'attends ta réponse. »

Elle resta muette. Il reprit.

« Alors maintenant tu vas m'écouter, et jusqu'au bout. J'ai reçu des ordres et toi aussi. Je dois seulement te transmettre mon rapport. Bosco est en sécurité, je veille sur lui.

— C'est tout ?

— Oui. »

Sévhol la foudroya du regard et il tourna les talons, siffla sa monture et disparut.

Astrid remit son capuchon et s'en alla dans la direction opposée. Elle s'était montrée forte devant lui, mais maintenant qu'il était parti, elle se laissa aller.

Les larmes couraient silencieusement sur son doux visage.

Chapitre 9
Un lapin sur du feu

Bosco commençait à suer. Cela devait faire au moins dix longues heures interminables qu'il marchait sans s'arrêter, et malgré sa frayeur il ralentit l'allure. Il commençait à avoir faim.

Il n'avait rien qui pouvait lui servir. Il chercha une énième fois dans ses poches de pantalon et y dénicha à nouveau un petit couteau suisse. Il trouva à quoi il pouvait bien lui servir.

Après réflexion, il décida de tailler une grosse branche qui lui servirait d'arme. Pour chasser, pour combattre et se défendre, c'était peu mais déjà un bon début.

Il pénétra plus profondément dans les entrailles de la forêt et chercha du gibier. Il se tapit au sol pendant une heure et attendit.

Comme rien ne venait, il faillit se relever quand une branche légèrement mouvante à quelques mètres de lui attira son attention. Il retint son souffle. Un énorme lièvre se montra, insouciant du sort qui l'attendait. Bosco bondit et lança sa pique de toutes ses forces. Mais il avait mal lancé, il ne s'était jamais entraîné à de telles choses. La pique allait le rater. Le lièvre se mit à s'enfuir droit devant lui. Il allait s'échapper. Mais au moment où il allait définitivement disparaître, la lance se redressa comme mue par une force soudaine et autonome, tripla de vitesse et alla se planter dans le cœur de la bête qui s'effondra.

Quelque chose de surnaturel venait de se produire mais Bosco ne s'en inquiéta plus, trop heureux de pouvoir enfin se rassasier.

Il ramassa du petit bois et voulut produire une étincelle. Après maintes tentatives, il abandonna. Il commença à dépecer le lièvre cru, lorsqu'il entendit un crépitement. Il se retourna et s'aperçut que son feu avait pris. Il contempla ses mains qui étaient chaudes juste à temps pour voir quelque chose qui l'intrigua. Il avait aperçu une lumière vive quitter peu à peu ses paumes. Elles avaient été transfigurées et il n'en avait vu que la fin. Étrangement, il ne sentait pas l'inquiétude qui aurait dû survenir en pareil évènement.

***

Sévhol sourit.

« Impressionnant » murmura-t-il si bas que lui-même ne s'entendit pas.

Il avait tout vu depuis la chasse jusqu'au repas, perché à deux arbres de là.

Le jeune homme venait d'arriver et accomplissait déjà sans s'en apercevoir des choses extraordinaires pour son peuple. Il promettait beaucoup, son potentiel atteignant déjà les bases minimes d'un bon pouvoir. Sévhol se demanda même s'il devait encore le protéger, mais comme il en avait reçu l'ordre, il s'en tint là et continua à observer.

***

Bosco fit cuire son gibier et dégusta l'un des meilleurs repas qu'il eut jamais pris. Pendant l'attaque de la veille, il avait ingurgité tant d'eau qu'il lui était impossible d'avoir soif.

Abreuvé, rassasié et épuisé, il s'étendit et s'endormit.

Chapitre 10
Le doute du roi

Cartiofs s'avança, assuré. Son casque sous le bras, il pressa le pas, sous les yeux des soldats qui le saluaient de la tête sur son passage, du fait de son rang haut gradé dans l'armée.

Cartiofs était un être à la peau verte. Des cornes pointues se pointaient au-dessus de ses minuscules oreilles, de part et d'autre de son crâne. C'était un Zorbag. Il avait été convoqué pour des choses importantes que son souverain devait lui communiquer.

Une série de grandes portes lui furent ouvertes. Il avait décidé cette fois-ci de ne pas passer par l'escalier caché dont il usait habituellement.

Il accéda finalement à l'une des plus grandes salles du château, la salle du trône. Tout en haut d'un escalier se trouvait un fauteuil richement orné, sur lequel était assis un personnage qui avait le même physique que son guerrier qui avait posé un genou à terre, au bas de l'estrade.

« Relevez-vous ! Je vous attendais depuis un moment déjà.

— Veuillez me pardonner mon retard, Votre Majesté. Je suis… »

Le roi l'arrêta d'un geste de la main. Le roi El Kazadùl n'était pas un sot et son guerrier le savait. Le souverain s'était levé et descendait les marches pour arriver à la hauteur de Cartiofs.

« Je sais ce qui vous préoccupe, continua le souverain avec un sourire triste. Je sais tout. Peu de gens le savent, mais derrière mes murs je ne reste pas inactif. Je me penche sur les soucis de mon royaume, je m'en inquiète. Je résous du mieux que je peux.

— Je le sais, Votre Altesse. »

Le roi Kazadùl voulut continuer mais il se souvint qu'il n'était pas seul. Tous les gardes ne le fixaient pas, mais ils l'entendaient. Kazadùl emmena son guerrier un peu plus loin dans le palais, jusqu'à ses appartements.

C'était une suite admirablement confortable, comme il se doit pour les rois. La salle où le roi réglait des affaires seul se trouvait dans la troisième pièce.

Un petit secrétaire était couvert de parchemins sur lesquels on avait gribouillé des lignes à l'encre noire. Une autre table, beaucoup plus grande, supportait un tas de cartes, de calculs et autres choses de ce genre.

Le roi ferma la porte derrière eux. Seuls ses gardes du corps pouvaient entendre, de l'autre côté, mais Kazadùl avait une totale confiance en eux.

« Cartiofs.

— Votre Altesse ?

— Quelle mauvaise nouvelle m'apportez-vous ? »

Le souverain El Kazadùl était perspicace. Cartiofs savait qu'il n'était pas dupe, et ce qu'il allait lui dire, il en avait sans doute déjà connaissance.

« La révolte gronde, Votre Altesse. Le pays n'est plus sûr. Beaucoup de vos sujets attendent une alliance avec l'Ennemi.

— Je sais. Ils le veulent désormais comme Maître. Beaucoup sont terrorisés. Ils pensent qu'en servant l'Ennemi, il les épargnera. Mais je le connais, et personnellement. Il n'en sera rien. Mais comment l'annoncer au peuple ? Quand la confusion règne, une rumeur peut leur faire croire qu'un cercle a quatre côtés droits et quatre coins. La vérité n'est plus reine, mais esclave. Les gens ne la voient plus telle qu'elle est mais l'arrangent à leur guise. Ils préfèrent fermer les yeux plutôt que de regarder la réalité en face. Nous avons perdu notre splendeur d'antan. »

Alors le roi se laissa aller. Il ne se tint plus droit, il laissa transparaître dans ses yeux toute sa fatigue des dernières lunes. Il était méconnaissable. El Kazadùl s'était révélé devant son guerrier, son ami. Cartiofs contempla la métamorphose avec inquiétude. Il était l'une des rares personnes avec qui le roi pouvait se confier. Ce n'était pas la première qu'il le voyait dans cet état. Et pourtant, la fatigue était ici nettement plus prononcée que les autres fois. Le général fit semblant de n'avoir rien vu.

« Il serait peut-être plus sage de vous mettre en sécurité.

— Je n'abandonnerai pas mon peuple.

Libre, vous pouvez leur porter secours

— Je n'abandonnerai pas mon peuple, répéta le souverain.

— Mort, vous ne leur serez plus d'aucune utilité, insista Cartiofs.

— JE N'ABANDONNERAI PAS MON PEUPLE ! tonna El Kazadùl. »

Cartiofs se figea. Le roi avait retrouvé toute sa superbe. Le guerrier se raidit et attendit ce que le souverain avait à lui dire.

« J'ai promis, le jour de mon couronnement. Je ne devais jamais les laisser seuls. Si je dois mourir en restant ici, et bien je mourrai. Je n'irai pas loin d'ici, les laissant livrés à eux-mêmes. Même s'ils me détestent, je les soutiendrai jusqu'à leur propre mort ! »

Il le regarda droit dans les yeux, puis il se retourna.

« Maintenant, vous pouvez disposer. »

Son ton ne permettait aucune réplique. Le roi avait remis à sa place son général, son sujet.

Cartiofs s'inclina et s'en fut.

Le roi soupira et se prit la tête entre les mains. Non, son peuple ne le verrait pas partir. Il resterait. Mais il en avait bien conscience, il le savait. Il savait qu'une fois mort, il ne serait plus d'aucune utilité.

Chapitre 11
Le monstre marin, une réalité

Bosco avait mal aux bras. Ramer était plus fatigant que ce qu'il s'était imaginé.

Quand il avait trouvé la barque amarrée, sans aucune habitation alentour, il n'avait pas hésité. Il avait bondi.

Il était maintenant isolé en plein milieu d'un océan, des crampes à ses bras qui l'avaient conduit jusqu'ici.

Il souleva un chiffon, sous le banc sur lequel il était assis. Quelques pommes, le reste du lapin, quelques racines, c'était tout ce qu'il avait pris comme réserves de nourriture. Il allait devoir se contenter de l'eau de mer pour seule boisson. Le seul bruit qui lui parvenait était celui des vagues brinquebalées par la brise, et sa propre respiration.

Il s'arrêta de ramer.

Une gigantesque forme sombre s'approchait de lui et se glissa sous son embarcation. Elle devait faire au moins la taille d'un immeuble de cinq étages. Un phénoménal monstre marin. La barque ne faisait pas le poids, à peine plus longue que Bosco. De puissants remous commencèrent à le ballotter. La chose remontait à la surface et allait bientôt surgir.

Enfin, l'animal mystérieux émergea de l'eau. Il semblait encore plus terrifiant, ainsi dévoilé au grand jour.

Il avait un cou long comme dix girafes les unes sur les autres. Des écailles vertes couraient sur son épaisse peau, recouvrant entièrement son corps. Quatre pattes palmées chacune de la taille de l'embarcation qui étaient ridicules, comparées au reste de l'animal, lui permettaient de se déplacer dans l'étendue aquatique. Le résultat était monstrueux.

La bête ne fit rien, n'attaqua pas, et pourtant, Bosco savait qu'elle savait qu'il était là. Tétanisé, il la contempla. La bête lui disait vaguement quelque chose mais il ne trouva pas quoi. Elle inclina son cou et se mit à pousser de la tête le petit bateau droit devant elle, vers une direction inconnue de Bosco. Il était trop apeuré pour esquisser le moindre geste, de peur de se faire déchiqueter. Le monstre avait la tête posée contre l'arrière du bateau, et le jeune homme pouvait maintenant distinguer ses dents pointues, ce qui ne joua pas pour le rassurer. Il continua ainsi, à la merci du monstre des mers, qu'il croyait légende mais qui était une réalité.

Chapitre 12
La terre

Sévhol pesta. Il perdait déjà de vue l'ombre du monstre et de la barque de Bosco au-dessus de sa tête. Il avait appris il y a longtemps de cela à nager sous l'eau en maniant les courants, et aussi à se créer une bulle d'air pour pouvoir respirer sous l'eau. Malgré tout, ce n'était pas suffisant. Jusque-là, sa mission avait été un succès. L'Humain était en sécurité sans se douter de rien, et Sévhol avait réussi à le suivre. Mais à la vitesse à laquelle le monstre avançait, il allait vite perdre la partie.

« Si la mission se complique, abandonne. On verra comment ce Bosco se débrouille, seul », lui avait-on dit.

Sévhol hésita à « abandonner » son protégé, mais il connaissait bien le monstre. Sévhol savait qu'il laissait Bosco entre de bonnes mains, entre de *bonnes pattes*. Sévhol regarda l'ombre de la barque au-dessus de sa tête s'en aller complètement. Puis, comme sa bulle d'air commençait à rétrécir sérieusement, il fit demi-tour.

***

Pendant deux jours, la bête ne broncha pas, continuant sa mystérieuse tâche. Bosco finit par se détendre. S'il avait dû être dévoré, le monstre du Loch Ness l'aurait déjà achevé.

Car, il en était certain, la bête qui le menait était le monstre du Loch Ness. Même cou, même taille, même couleur, mêmes pattes, même masse. S'il lui avait paru si familier, c'était pour cela. Était-il donc en Écosse ? Si oui, il était un peu déçu, il se serait imaginé beaucoup plus loin de chez lui qu'au Royaume-Uni.

Quand soudain, il se redressa. Une bande beige se profilait à l'horizon, continuant loin à gauche et à droite.

La terre ! Enfin !

Bosco s'affala, soulagé. Il prit une pomme et mordit dedans avec une joie non dissimulée. Si l'aventure avait été courte, elle avait été riche en émotions. Quand, dans quelques heures, il serait de retour chez lui à Lyon, il aurait un repos bien mérité. Le lendemain, l'homme et le monstre accostèrent sur une énième plage, qui parut cette fois si douce à Bosco.

Il descendit de son embarcation. La bête le salua d'un geste de la tête et replongea dans les profondeurs marines, le laissant livré à lui-même.

***

Bosco s'aventura loin du rivage. Il atteignit rapidement une grande plaine verte.

À quelques mètres devant lui s'élevait un grand portail de fer peint en blanc. Au-dessus de ce portail se trouvait une petite arche en bois sur laquelle était accrochée une pancarte annonçant : « *Chez les Joyeux Vignerons* ». Une palissade entourait le lieu. Plusieurs hommes la repeignaient. Bosco s'approcha de celui qui était le plus proche du portail, et qui était assurément le plus grand de tous. Malgré sa forte stature et son accoutrement qui n'inspiraient guère la sympathie, il avait l'air assez jeune. Bosco lui aurait donné trente ans.

Il s'en approcha et demanda poliment :

« Bonjour monsieur ! Je me suis égaré après un long… comment dire… voyage. Pouvez-vous m'indiquer le nom de ce lieu ?

— T'es à Snamurki, mon gars. »

Cette réponse laissa Bosco perplexe.

« Pourriez-vous me donner des informations supplémentaires ?

— T'as un problème mon gars. Tout le monde connaît ce nom. T'es pas d'ici, j'me trompe ?

— Non monsieur, répondit Bosco comme un enfant pris en faute.

— Bon. Snamurki se trouve en bordure du désert de Pulchirao, dans la Crique de Lacosta, en mer de Croba.

— Euh… dans quel pays, s'il vous plaît ?

— Joue pas à ça avec moi, hein gamin ! J'ai pas de temps à perdre avec un gosse qui me pose des questions dont il connaît déjà la réponse ! »

L'homme s'éloigna de l'endroit où il était alors qu'il n'avait pas fini de peindre. Il n'en fallut pas plus pour faire comprendre à Bosco que l'homme n'avait pas l'intention de progresser dans cette espèce de questions-réponses. Soudain, Bosco tituba. Il sentit ses paupières se fermer sans qu'il pût rien y faire et il s'endormit.

Le soir tombait et la nuit recouvrit le monde.

Chapitre 13
Théophile

Bosco entendit finalement une très légère mélodie. Il se tourna dans la direction d'où provenait le bruit, et aperçut au loin une lueur, qui provenait sûrement du même endroit que la mélodie. Ne sachant que faire d'autre et se sentant de plus en plus mal à l'aise dans cet endroit inconnu, il entreprit de se rendre sur ce lieu. Il s'approcha prudemment, la grande plaine d'herbe sans obstacle facilitant sa progression. Il arriva bientôt dans la lisière d'un bosquet. Quelques minutes après, il était sur place, tapi derrière un arbre, profitant de la faveur de l'obscurité pour observer la petite clairière. Deux tentes en peau de bête étaient plantées, l'une plus grande que l'autre.

Elles étaient toutes deux éclairées par un feu, devant lequel était assis un petit personnage, qui devait faire à peu près la moitié de la taille de Bosco. Les cheveux du personnage étaient bruns aux reflets roux ; ils lui arrivaient jusqu'au milieu du dos à peu près. Ses yeux étaient d'un vert qui rappelait celui de l'émeraude. Ils brillaient d'une malice qui inspira aussitôt la sympathie à Bosco, qui eut étrangement confiance en cette personne. Une longue barbe en pointe de la même couleur que sa longue tignasse lui descendait jusqu'au bas du ventre. Ses habits étaient verts, surmontés d'une légère armure. À son côté pendait une hache. Il soufflait dans une flûte de pan. C'était la provenance de la mélodie.

Bosco s'approcha timidement. Et lui demanda, avec encore plus de politesse qu'à l'ouvrier de la palissade, où il se trouvait. L'étranger le regarda en plissant les yeux, puis lui demanda d'une voix grave :

« Qui es-tu ?

— Je... je m'appelle Bosco. »

L'étrange personnage ouvrit de grands yeux, bondit sur ses pieds, éclata d'un grand rire en rejetant sa tête en arrière et s'exclama dans la direction des tentes :

« Il est là ! Il est arrivé ! »

Peu après, cinq personnes émergèrent des deux tentes.

Le petit personnage se tourna vers Bosco :

« Désolés de ces présentations précipitées, mais nous devons faire vite. Voici deux Alzibures : Elëa et Gayma. »

Les deux jeunes femmes répondirent à leur prénom en hochant la tête.

Elëa avait des cheveux châtain foncé lisses, dont les deux mèches de devant étaient retenues derrière sa tête par un fin ruban vert mousse, de la même couleur que sa cape. Elle possédait de beaux yeux vert saphir. Une robe à l'ancienne, bleu ciel, nouée par une ceinture de couleur verte à la taille l'habillait. Elle avait un grand sourire. Comme tous les autres, d'ailleurs.

Gayma avait les cheveux blonds ondulés coupés juste sous les épaules. Sa tenue était toute simple, en une robe droite et grise qui descendait jusqu'à ses chevilles.

Le personnage à la flûte de pan continua :

« Ensuite trois autres Alziburs. Rawgel, Laïgo, et Boldemire. »

Bosco n'y comprenait rien. Qui étaient ces gens ?

Rawgel était un grand jeune homme, aux cheveux bruns, coupés courts. Il possédait une barbe naissante assortie. Il avait un regard dont les yeux étaient sombres, regard fier et pénétrant.

Laïgo était grand aussi, et devait un peu dépasser Rawgel. Ses cheveux blonds coupés à la même hauteur que ceux de ce dernier brillaient à la lueur du feu de bois. Ses deux mains appuyées devant lui sur une longue épée lui donnaient un air noble et guerrier.

Boldemire qui s'était retranché dans un coin depuis le début, au moment où Bosco posa ses yeux sur lui pour l'observer, s'avança vers la lumière des flammes du brasier. Il avait des cheveux châtains et des yeux ressemblant fort à ceux d'Elëa. Sa cape couleur taupe volait au vent, autour de lui.

Tous trois portaient une armure étincelante à la lueur du feu de bois.

« Deux Karim : Ijylda et Puzdag. »

Bosco ne voyait personne répondant à ce nom, quand un vent aux deux saveurs mêlées vint lui frôler les narines. Il emportait sur son passage des feuilles tombées au sol, et soudain, il prit forme. C'étaient des êtres aux formes humaines, mais aucune chair ne constituait leur corps. Seules les feuilles superposées qui dessinaient leur silhouette permettaient de les distinguer. Des vents matérialisés en feuilles.

« Et enfin, moi, un Vurcolisse, termina le petit personnage à la flûte de pan. Je suis Falimos. »

Ils s'assirent tous autour du feu. Les deux personnages faits de vent voltigeaient autour des flammes. Falimos, le petit homme, prit la parole, en s'adressant à Bosco.

« Désolé pour tout. Je sais ce que tu dois ressentir après ton voyage. Ça n'a pas dû être de tout repos. Bois. »

Il lui versa dans un gobelet en pierre un liquide brunâtre et bouillant.

Bosco but. La boisson lui fit aussitôt un bien fou, sa fatigue s'estompa et il retrouva des couleurs, prêt à écouter ce qu'on avait à lui dire. Peut-être qu'il ne devait pas leur faire confiance mais il ne s'en souciait pour l'instant nullement. Voir d'autres personnes que lui lui procurait un grand soulagement.

Le petit homme à la longue barbe rousse engagea la conversation.

« Est-ce que le nom de Théophile Broutager te dit quelque chose ?

— Euh… oui. Maman m'en parlait souvent. C'est un de mes aïeux qui remonte il y a très longtemps. Il y a deux siècles, à peu près, je dirais. »

Falimos regarda Boldemire de biais, un petit sourire sur le visage, puis il revint vers Bosco.

« C'est un ascendant de ton père, je me trompe ?

— Oui. Mon père est mort quand j'avais dix ans. »

Tandis que le petit homme roux bafouillait sur sa bêtise, Bosco se surprit lui-même. La mort de son père était pour un sujet très sensible sur lequel il se confiait peu. Et voilà qu'il en parlait à de parfaits inconnus dont il avait à peine retenu les noms ! Falimos opta finalement pour un changement de sujet :

« Je connais ton ancêtre. »

Bosco tressaillit. Théophile attirait l'attention surtout parce que sa mort restait un grand mystère. Personne jusque-là n'avait réussi à en découvrir la cause.

— Tu ne le sais sans doute pas…

Falimos n'eut pas le temps de terminer sa phrase qu'un terrible hurlement retentit derrière eux. Tous les personnages se retournèrent. Deux horribles créatures venaient de pénétrer dans leur campement, quoique très différentes l'une de l'autre. Ce fut Boldemire qui s'exclama :

« Un Zorbag et une Merouetz ! »

Gayma lança à Bosco :

« Toi, tu restes derrière nous.

— Mais que se passe-t-il ? »

Il n'eut pas le temps de recevoir de réponse, un terrible coup de poing s'abattit sur son crâne.

Chapitre 14
La première bataille

Bosco se réveilla bien vite, mais l'esprit tout embrouillé. Il regarda le feu, et se souvint de tout. La boussole, la plage, la palissade, Snamurki, la mer, les tentes… Puis il y avait eu un terrible choc…

D'ailleurs, des bruits de chocs se faisaient entendre. En regardant devant lui, Bosco vit une scène qu'il n'avait jamais vue nulle part ailleurs ; un combat entre ceux qu'il venait de rencontrer et deux horribles créatures.

Retrouvant complètement ses esprits, Bosco se releva bien vite et se réfugia derrière le feu. La nuit était encore présente : les traits des ennemis qui avaient pénétré dans le campement étaient flous et se résumaient à des ombres. L'une était massive et mesurait à peu près deux mètres et plus de haut, l'autre, Bosco la voyait à peine. Elle était tantôt petite tantôt grande, tantôt large tantôt fine et parfois même elle sortait complètement du champ de vision de Bosco.

Ses nouveaux amis se battaient comme des diables. Soudain, Bosco crut mal voir, car Rawgel leva un poing et l'abattit dans le vide, et au même moment la plus grande des deux créatures se reçut un arbre en pleine figure. Elle poussa un rugissement terrible et combattit ses adversaires avec plus d'ardeur et de haine encore. Gayma la défiait à l'épée. Bosco dût avouer qu'il n'avait jamais vu une femme aussi douée à l'escrime qu'elle. Boldemire se battait sans grand entrain, puisqu'aucun des deux intrus ne l'attaquait directement.

Bosco aurait bien voulu leur venir en aide, mais il ne savait manier ni la hache ni l'épée, de sorte qu'il se dit qu'il serait plus un fardeau qu'une aide.

La plus petite des deux créatures, de son côté, se mesurait à Elëa, Laïgo et Falimos. Ce dernier maniait sa hache comme un vrai guerrier rempli d'expérience. La petite créature clignotait de différentes couleurs, formes et taille, et semblait se muer en différentes choses. Elle sautillait et volait autour de ses ennemis et ceux-ci ne savaient où donner de la tête. Le plus gros des deux attaquants semblait se servir de sa force plus qu'autre chose, tandis le plus petit semblait changer de forme chaque seconde.

Brusquement, Elëa se reçut un énorme et puissant jet d'eau en pleine figure, juste au moment où son adversaire poussa de toutes ses forces quelque chose d'invisible vers elle. Elle tituba, mais se reprit bien vite.

Malgré la grande force des adversaires, les amis de Bosco prirent bientôt le dessus, au grand soulagement de ce dernier qui ne comprenait toujours pas la situation. Falimos frappa de son arme sur le pied du plus gros qui hurla de douleur et recula. La hache se leva, prête à frapper à nouveau.

Retentit alors un hurlement pareil à celui entendu avant l'arrivée des deux immondes créatures, et d'autres cris semblables répondirent et se rapprochèrent. Une dizaine d'autres créatures aussi immenses et immondes que la plus grande surgirent.

« D'autres Zorbags ! On ne va pas s'en sortir ! »

Trois d'entre les renforts ennemis se dirigèrent vers Bosco, les bras levés, prêts à frapper. Au moment où le coup allait tomber, une épée trancha la main du premier et s'enfonça dans le torse du second qui s'écroula, inerte.

Un homme s'interposa entre eux et Bosco.

« Laïgo ! » s'écria Bosco.

Laïgo se battait merveilleusement. Son épée transperçait de tous côtés, et à un moment, il bondit sur le plus grand et lui trancha la gorge.

Juste avant de tomber, celui-ci hurla si fort que Bosco n'entendit plus pendant quelques secondes et que les arbres eux-mêmes tremblèrent.

En entendant ce cri, les autres adversaires se battirent avec plus de force encore, et une deuxième créature semblable à la plus petite arriva en renfort.

Les amis de Bosco commençaient à suer, tandis que lesdits Zorbags, les grandes créatures et les Merouetzs, les petites, redoublaient de force et de rage. Laïgo était en prise avec le premier Zorbag qui était arrivé, et assurément le plus gros. Rawgel vint à sa rescousse. À un moment, une Merouetz arriva en planant avec des ailes de corbeau immondes et arracha des mains l'épée de Rawgel.

Avant que celui-ci ait pu riposter, elle plongea sur lui, l'épée prête à frapper. Le coup était trop rapide pour pouvoir être évité ; il allait être mortel. Bosco, sans trop savoir pourquoi, s'interposa entre la lame et le guerrier déchu. Un filet étincelant jaillit alors de sa paume et enveloppa Bosco et Rawgel, en formant une espèce de bulle au-dessus d'eux. Quand la Merouetz percuta la bulle, elle rebondit au loin et alla s'écraser contre un arbre tandis que le bouclier s'estompait. Bosco et Rawgel étaient indemnes.

Mais malgré la force des habitants du campement, ils allaient perdre la partie.

Au moment où tout était perdu, un éclair d'une blancheur aveuglante frappa la terre. Un halo s'en échappa, s'élargissant encore et encore. Il entraîna avec lui les attaquants, les empêchant de pénétrer à l'intérieur de son cercle. Ils disparurent entre les arbres en poussant des paroles inintelligibles.

Les ouvriers que Bosco avait vus travailler sur la palissade venaient s'arriver et semblaient les avoir sauvés *in extermis*.

***

Gayma courut de blessé en blessé. Elle semblait s'y connaître en soins. Rawgel murmura à l'oreille de Bosco :

« Gayma est une guérisseuse élite. Elle fait partie de ces personnes pour qui baumes, onguents, blessures et maladies n'ont plus de secrets. Si tu as des conseils à demander en matière de soins, c'est à elle qu'il faut s'adresser. »

***

Bosco, allongé dans une tente, s'envola vers un sommeil dénué de songes.

Chapitre 15
Nawgëlsky, un autre monde

Bosco se réveilla le lendemain matin. Il se frotta les yeux et se souvint des derniers évènements. Les autres étaient déjà sortis puisqu'il était seul sous l'abri en peau de bête.

Il sortit précipitamment, les yeux encore bouffis de sommeil et les cheveux ébouriffés.

« Ah, te voilà ! »

Les autres étaient assis autour du feu mourant, repliant un grand papier qu'ils tenaient déroulé sur leurs genoux.

En s'approchant, Bosco vit que c'était une carte d'un pays qu'il n'avait encore jamais vu.

« Bonjour, Bosco ! dit Laïgo. Bien dormi ?

— Euh… Bonjour ! Oui, ça va. »

Bosco se sentait encore un peu perdu parmi tous ces inconnus.

Falimos rompu le silence qui venait de s'installer :

« Bosco, je crois que nous avons été un peu vagues, hier. »

Bosco hocha la tête timidement.

« Nous allons mieux nous expliquer, et tout reprendre à zéro. Tu es ici dans un monde que tu ne connais pas. Un tout autre monde, au vrai sens du terme. Il ne se situe sur aucune carte de la Terre. Il n'existe pas dans ton univers. Une dimension tout autre. Ce monde s'appelle Nawgëlsky. Vous appelez le vôtre Univers, je crois. Bref. Il existe plusieurs sortes de créatures capables de raisonner, de parler et de vivre et d'exprimer des sentiments. On appelle cet ensemble d'êtres vivants : les Êtrarù. Dans ton monde à toi, il n'y a que des Humains, tandis que Nawgëlsky est un monde peuplé de divers Êtrarù. Il y a entre autres les Alziburs ; les Zorbags ; les Vurcolisses ; les Karim (Kariam au singulier) ; les Merouetzs ; les Sabkals et les Humains que tu connais, bien sûr…

Ce sont des… créatures diverses qui vivent à Nawgëlsky. »

Rawgel continua.

« Les Alziburs sont des Êtrarù qui, par le physique, ont beaucoup de points communs avec les Humains. Pourtant, ils ont les oreilles pointues, et n'ont aucun défaut corporel, sauf certains cas très rares. Ils sont attachés à l'art et à la poésie. Leur musique chante les bienfaits et la beauté de la nature. Ils sont exceptionnellement doués à l'arc, et aussi à l'épée. Leurs cinq sens sont particulièrement développés, notamment la vue et l'ouïe. Ils ont une longévité plus importante que les autres créatures. C'est le peuple de la forêt. »

Rawgel souleva ses cheveux pour dévoiler ses oreilles en pointe vers le haut.

Bosco murmura pour lui-même : « Ce sont des elfes… ou tout comme. »

« Les Zorbags sont le peuple du ciel. Ils ont la particularité d'avoir la peau verte et des cornes. Tu en as vu cette nuit sans le savoir, c'étaient toutes les grandes créatures. Ils ont des yeux jaunes ou rouges. Beaucoup sont nos ennemis, mais encore certains restent dans notre camp. »

Falimos commença à décrire son propre peuple.

« Les Vurcolisses ont, comme tu as pu le remarquer, la moitié de la taille d'un Humain. Voir un Vurcolisse imberbe, c'est être l'élu du destin. Je n'en ai moi-même jamais vu un seul. La hache est sans conteste leur arme de prédilection. Il se passe rarement un seul instant sans qu'ils en aient une à leur ceinture, sauf les femmes et les enfants, bien entendu. Ils sont plus… hum… rudes que les Alzidurs. Dans leur manière de vivre comme dans leur culture. Peuple de la montagne et de la pierre, ils sont assez réservés sur eux-mêmes. »

Comme Falimos s'arrêtait, Laïgo ajouta :

« Leur musique est beaucoup moins poétique et délicate. Elle va plus parler de chopes de bière dans les tavernes ou des choses de ce genre. »

Falimos le regarda de travers mais acquiesça.

« Les nains… » pensa Bosco.

Ijylda était faite ce matin de pétales de fleurs mordorés. Sa peau était éthérée. Elle commença à narrer les particularités de son peuple d'une voix aérienne qui possédait un écho venteux :

« Mon peuple est celui du vent. Nous n'avons aucun corps visible et matériel. Nous sommes des êtres sans corps concret. Pour nous montrer, nous prenons des formes humaines, en prenant une matière pour pouvoir être vus. Nous pouvons aller dans le bois… »

Pour affirmer ses dires, elle fit retomber ses pétales et réapparut peu après, faite d'écorce.

« Nous pouvons être d'eau… »

Elle était maintenant constituée d'eau, qui coulait constamment sans jamais mouiller le sol sous elle. À chaque fois qu'elle affirmait une des matières dans lesquelles ils pouvaient prendre forme, elle en était un exemple vivant.

« De feu, de pierre, d'herbe, de sable ou de tout autre chose réelle. Certains même se muent parfois en… du rien, simplement. Dénués de toute matière. On les appelle les Karim non-d'air. S'ils sont des ennemis, cela peut devenir dangereux. Il suffit qu'ils se posent sur toi. Sans air à respirer, la victime étouffe et meurt. Malgré le fait que cela nécessite au Kariam un certain taux d'énergie, ce n'est pas le point qu'il faut forcément retenir. »

Elle rit d'un rire frais comme les matins printaniers.

« Nous n'avons aucune arme qui nous est spécifique. Sans aspect matériel, nous ne pouvons saisir trop de choses matérielles elles aussi. Nous nous contentons de changer de matière, c'est déjà efficace. »

Puzdag apparut alors. Il avait pris vie dans les cendres du feu mourant. Il se chargea des Merouetzs :

« Les Merouetzs sont des créatures vraiment spéciales. Elles ne sont pas considérées comme un peuple appartenant à un domaine. Elles naissent en… comment dire… apparaissant, quelque part, et meurent de même, en disparaissant, de sorte qu'aucune n'est plus jeune que l'autre. Elles ont la capacité de changer de forme, de taille, de couleur et de matière selon leur bon vouloir. Cela en fait des adversaires redoutables, mais elles ne maîtrisent pas la magie. Quand elles n'utilisent pas leur don de transformation, elles ont l'apparence de quelqu'un de si âgé qu'on n'en distingue plus les traits des visages. »

Elëa prit la parole. Sa voix était fraîche et douce, comme une caresse fraîche et précieuse.

« Les Sabkals sont les plus terribles. Ils ne peuvent vivre qu'en se nourrissant de la terreur qu'ils produisent chez autrui. Ils n'ont aucune apparence visible. Il leur est possible de cesser ce moyen de vivre en se transformant en une autre créature de leur choix. Le problème, c'est qu'ils n'ont jamais aucune envie de le faire. Ils savent qu'ils seront plus heureux après, mais sur le coup, cela leur paraît impossible. Souvent, s'ils le font, c'est pour des raisons particulières.

« Et les Humains, je pense que tu les connais par cœur. Sache seulement que par rapport aux autres peuples, ils sont très à l'aise avec les armes à feu et les épées. Ils peuvent s'habituer beaucoup plus vite à la lumière après être restés longtemps dans un endroit sombre. »

Les rouages dans le cerveau de Bosco tournaient à toute vitesse. Si tout cela était vrai, les elfes, les nains...

« La magie existe-t-elle réellement ?

— Bien sûr ! Mais elle est aussi connue ici sous le nom d'yhlamàn. Les effets produits, les... tours de magie en quelque sorte, je dirais, s'appellent les hamàn. »

Bosco acquiesça. Il était tout ouïe.

Boldemire continua le récit du monde de Nawgëlsky.

« Chaque peuple a son propre territoire et son propre roi, hormis les Karim et les Merouetz qui n'ont aucune royauté. Ces deux peuples vivent comme bon leur semble et ne possèdent qu'un petit territoire, voire aucun, puisqu'ils sont libres de se déplacer où bon leur semble dans tout Nawgëlsky. Un jour, le roi des Humains découvrit une faille qui plongeait directement dans une tout autre dimension. Il l'a réclamée pour lui et les siens. Par droit de possession, on le lui accorda. Nombreux sont les Humains qui l'y suivirent. Leur territoire revint au roi des Alziburs qui agrandit ainsi son royaume, étant le plus proche allié du peuple qui quittait Nawgëlsky. Peu d'Humains y restèrent. On appela cette nouvelle autre dimension du simple nom de "Autre Dimension". Et tu le connais parfaitement, Bosco.

— Je connais le monde de l'Autre Dimension ?

— Oui. L'Autre Dimension, Bosco, c'est ton monde, celui d'où tu viens. Mais le choc état trop grand pour pouvoir y passer sans en subir les conséquences, car c'était la première fois que la faille était traversée. Ainsi en arrivant dans leur monde, les tiens provoquèrent un gigantesque séisme qui propulsa hors du temps des centaines de créatures que vous nommez les dinosaures, qui ne disparurent pas complètement comme vous avez coutume de l'affirmer. Ils sont simplement partis dans un univers dénué de cadre spatio-temporel. Les Humains subirent un retard qui les fit se transformer en personnes qui devaient tout réapprendre pour se reconstruire et pour redevenir tels qu'ils étaient. Vous appelez cette période la Préhistoire, à partir de laquelle ils ne cessèrent d'évoluer. Malheureusement, ils décidèrent de laisser derrière eux tout ce qu'ils connaissaient. La magie, les enchantements. Ils transformèrent peu à peu la vérité de nos peuples en de simples légendes, simplifié nos noms, dénigré nos histoires et nos amitiés. »

« Le roi actuel des Alziburs qui possède l'héritage de l'ancien territoire des Humains s'appelle Kor Gànfiel. Les rares Humains qui étaient restés à Nawgëlsky se marièrent avec des gens d'autres peuples, pour que les Humains, ici, ne s'éteignent pas. C'est le cas de la mère d'Elëa. Elle se maria avec un Alzibur. Mais elle mourut après avoir eu ses premiers enfants… »

La voix de Boldemire s'éteignit en une tristesse insondable. Il détourna le regard et se mit à ranimer le feu. Il était apparemment touché par le cas de la mère d'Elëa.

Le regard de celle-ci s'assombrit.

« J'ai un frère jumeau que j'aime beaucoup. Il s'appelle Famir. Malheureusement, depuis que nous sommes paris chacun de notre côté, je n'ai plus eu aucune nouvelle de lui. Je ne sais pas s'il sait combien il me manque… »

Elle se tut. Son visage exprimait une tristesse douce. Bosco se surprit à la contempler. Il se tourna rapidement vers Falimos qui prit le relais :

« Bosco, tes très lointains aïeux faisaient partie des seuls humains qui restèrent ici. Leur fils fut nommé Théophile ; il grandit et supplia ses parents de l'emmener dans l'Autre Monde dont il entendait si souvent parler. Ses parents le lui permirent vers l'âge de ses vingt ans. Il y alla, et y rencontra celle qui allait devenir plus tard sa future femme. Éperdument amoureux d'elle, il demanda à ses parents la permission de vivre à ses côtés tout en revenant souvent les voir. Puis il eut une descendance, qui vint jusqu'à toi, Bosco. »

L'intéressé déglutit bruyamment. Toute sa logique se réduisait à de la poussière devant toutes ces informations. La magie existait, son aïeul venait directement d'un autre monde et y avait vécu, même si, en conclusion, tous les Humains venaient de cet autre monde. Il n'y avait pas de quoi dire « Mais à part ça, tout est normal. » ! Tout ce qu'il pensait savoir n'était que du néant. Il osa néanmoins demander :

« Ma mère savait-elle tout ceci ? »

— Oui. Mais elle voulait te le faire découvrir plus tard. Mais revenons à ton ancêtre. Théophile faisait croire à son entourage qu'il partait souvent pour des voyages d'affaires, mais en réalité, c'était à chaque fois qu'il venait ici pour voir ses parents. Le passage ayant été déjà ouvert une première fois, il n'y avait plus de problèmes pour voyager entre les deux dimensions. À sa septième visite ici, il s'aperçut que ses parents étaient morts. On lui expliqua qu'un Sabkal qu'on appelait « l'Ennemi » venait de tout conquérir, et que deux de ses plus fidèles serviteurs, Orkaff, le général des Zorbags et Tolkìn, des Merouetzs, semaient la Terreur partout où ils passaient. Les parents de Théophile n'avaient pas été épargnés. Ces créatures sont des créatures de l'Ombre, créatures au service du Mal. Bien sûr, certaines subsistent encore dans le camp de la Lumière.

« Fou de rage, ton ascendant a voulu venger ses parents en allant à Dyrlimar. C'est une forêt qui se trouve là, sur la carte. »

Le sud de la carte fut désigné à Bosco.

« Cette forêt est spéciale. Mais avant d'en parler, il faut que tu saches quelque chose. Tout le monde a de la magie, au fond de soi. Tout le monde, même les Humains. Ils ne pourront jamais l'enlever de qui que ce soit. Cette magie n'est déclenchée que dans notre monde à nous, Nawgëlsky, et quand toi ou quelqu'un d'autre court un grave danger. Tu as fait sortir ta magie pour protéger Rawgel, cette nuit, et l'épée que tenait la Merouetz a rebondi sur toi. »

À Dyrlimar, beaucoup de choses pareilles se passent. C'est une espèce d'école où l'on se forme en combat et en yhlamàn. La formation dure plus ou moins un mois. Ça peut paraître peu, mais la forêt vit dans un tel contexte qu'elle agit sur l'organisme de celui qui se forme et l'entraîne en accéléré, en quelque sorte. Toutes les créatures qui vivent dans cette forêt sont contrôlées à distance par une magie plus puissante que la leur. Ces créatures sont des Kariams, des Zorbags, des Merouetzs, des Sabkals, et parfois, des incendies, de terribles orages qui peuvent se révéler mortels sans la magie… Ces évènements vont provoquer les pouvoirs de celui qui s'y mesure, maintes fois. Dès qu'une épreuve arrivera, la magie sera déclenchée dans l'apprenti. Au bout d'un moment, il remarquera la sensation qui se passe en lui, apprendra à la répéter puis au final à contrôler sa magie, même quand aucun évènement ne s'y oppose… si tout se passe bien, car beaucoup sont morts en essayant d'acquérir ces savoirs. Nous pouvons produire de l'yhlamàn à partir des éléments qui nous entourent. « Dyrlimar est en fait l'équivalent d'une école de magie, oui, c'est bien ça. Moi, j'y suis allé, à Dyrlimar. Tous ceux qui sont présents y sont allés, sauf toi, Bosco. Ainsi, nous savons tous maîtriser la magie. Tu peux lui montrer, s'il te plaît, Laïgo ? »

Laïgo réfléchit un instant à ce qu'il allait faire, puis, d'un geste, ralluma les braises du feu, qui réchauffa tout le monde en quelques secondes. Puis il regarda au loin, concentrant son regard vers la mer. Au même moment, une douche atterrit sur le brasier qu'il venait d'allumer. Bosco ne chercha même pas à cacher son admiration. La chose était trop grosse pour ne pas être remarquée.

Falimos reprit :

« Théophile Broutager se précipita à Dyrlimar, et maîtrisa plus que quiconque la magie. Il persuada le roi de beaucoup de peuples à s'unir contre la menace du Sabkal, dit l'Ennemi. Ils se laissèrent persuader et lui prêtèrent chacun leur plus grand général, pour qu'il puisse diriger les opérations avec eux. Ils étaient donc cinq : Kôl, un Zorbag ; Nayan, un Vurcolisse ; Gajail, une Kariame ; Sabarîm, un Alzibur ; Théophile, un Humain, ton aïeul. Ces cinq généraux unirent leurs forces et réussirent à repousser l'Ennemi et ses troupes jusqu'au fin fond du Conralbor, au nord de la carte. On appelle cette bataille la bataille de Lonngabel, car elle se déroula dans la Plaine de Lonngabel, à l'ouest. Mais aucun n'en sortit vivant. Tous moururent. Ce furent cinq héros qui s'éteignirent. Hélas, la menace de l'Ennemi ne put rester plus longtemps ignorée. Certains sont à ses ordres, il est pour eux le "Maître". Il prépare depuis des centaines d'années ses plans de vengeance, il n'a pas oublié l'humiliante défaite qu'il a essuyée. Il frappera de nouveau. Plus rien ne pourra l'arrêter. Nous craignons même qu'il convoite l'Autre Dimension. Ce serait le chaos. Imagines-tu ? La Terreur au pouvoir… Les gens sont terrifiés, et cela fait d'eux des collaborateurs. Partout où la peur se tapit, cela lui facilite la tâche. Les gens perdent espoir… Mais une légende appelée la Cinq Espéry dit que les descendants de ces cinq généraux réunis peuvent totalement et pour toujours anéantir l'Ennemi et ses sbires. À chaque génération, tout est mis en œuvre pour donner à la légende de la vie. Chaque fois, cela a échoué. Mais depuis quelque temps, la chance nous sourit enfin. Les descendants des cinq généraux sont trouvés assez facilement et rapidement. Tu fais partie de ces descendants, Ijylda aussi. Nous te demandons si tu accepterais de remplir ta mission en allant te former à Dyrlimar et en t'engageant dans la Cinq Espéry. »

Tous se turent. Le monde lui-même retenait son souffle. Mais Bosco avait déjà pris sa décision. Il releva la tête. Il savait ce qu'il devait dire, ce qu'il voulait dire. Au nom de tous ceux qu'il aimait, il allait accepter.

La véritable aventure de sa vie commençait, pour ne peut-être plus jamais finir.

***

Chapitre 16
Le désert

« Bien, Bosco ! Bien, Bringad ! »
Le cheval s'arrêta.

Bosco soupira. Il n'en revenait pas de la vitesse à laquelle les évènements s'étaient déroulés. Voilà seulement quelques heures qu'il avait accepté de remplir sa mission, et le voilà monté sur un superbe cheval jeune et fringant, nommé Bringad, qui avait coûté une somme qu'il n'osait évaluer. Il avait par la même occasion appris que la monnaie de cette dimension était les « rackayes ». Son entraînement commençait déjà. On lui apprenait les réflexes de base. Bringad était docile et savait prendre de bonnes initiatives. Son pelage était blanc comme la neige, parsemé de taches grises semblables aux étoiles du ciel pendant les nuits d'été.

Il fallait tout d'abord que le jeune home aille se former à Dyrlimar. Il devait traverser le désert de Pulchirac au risque de perdre trop de temps en le contournant, qu'ils se rendent à Yrflotz, puis arrivent à Turlimor, porte de liaison entre le reste du monde et Dyrlimar la Mystérieuse. La course contre le temps commençait. L'Ennemi avait sûrement déjà eu vent de ces personnes qui se lèveraient contre lui. L'attaque de cette nuit n'était certainement pas anodine.

Pendant quelques heures, ils profitèrent de l'harmonie de la terre, avant de pénétrer dans un désert de chaleur meurtrière.

Ils s'arrêtèrent à la lisière de Pulchirac où ils s'enfonceraient le lendemain dès l'aube.

***

Les dernières étoiles s'éteignaient dans le ciel rosé quand ils se levèrent. L'aurore naissante leur prodiguait un semblant de fraîcheur. Ils s'abreuvèrent plus que nécessaire et remplirent leurs gourdes. Il n'y avait pas une seule oasis au-delà de la frontière de sable.

Et voici qu'ils pénétraient à l'intérieur de Pulchirac. Ils ne montèrent pas sur les chevaux pour ces premières heures. Il fallait économiser la force des bêtes pour plus tard. Leurs pieds s'enfonçaient dans le sable parfois jusqu'à la cheville. Dès que le soleil fut dévoilé par l'horizon, une chaleur ardue leur pénétra jusqu'au cœur. Ils continuèrent ainsi péniblement leur avancée jusqu'à la nuit où la température bouillonnante laissa place à nuit glaciale.

Ils installèrent leur campement dans un creux jalousement gardé par des dunes. Ils étaient ainsi protégés du vent et de toute rencontre indésirable. Un feu fut allumé, et le brasier, sans se soucier des frissons, se mit à briller en s'élevant joyeusement vers le ciel. Il semblait danser. Sa chaleur léchait les faces engourdies et les réchauffait.

Bosco soupira. Certes, depuis quelques jours, il vivait sa vie à une allure effrénée. Mais, sans vouloir se l'avouer réellement, c'était la vie à laquelle il avait toujours aspiré en lui. Il avait toujours rêvé de cette vie d'aventure, incertaine, où l'on combat pour sa survie. Il se posait la question à lui-même : « De toute façon, qui ne rêverait pas d'une vie pareille ? »

Ne trouvant aucune réponse, il remit les pieds dans la réalité pour profiter de la chaleur du feu et de l'amitié naissante qui prenait corps entre lui et ses nouveaux compagnons.

Chapitre 17
La tête dans les étoiles

« Bosco ? Bosco, réveille-toi ! »

Les chuchotements de Rawgel finirent par réveiller le jeune homme endormi. Il émergea de son sommeil, les yeux bouffis et les cheveux en bataille.

« Moui ? »

Rawgel mit un doigt sur ses lèvres, désignant les autres, endormis.

« C'est ton tour de garde. Tu seras avec Elëa, je te laisse. »

Bosco enfila un vêtement chaud et sortit. Ses yeux encore ensommeillés mirent longtemps à trouver le brasier. Il se tenait en hauteur sur une dune et n'avait rien perdu de son ardeur. Une fine silhouette se découpait nettement dans sa lueur. Bosco la rejoignit.

« Dur réveil ?

— Un peu, oui. »

Il y eut un silence. Seul le feu crépitant osait le troubler de sa chaleureuse humeur.

« Tu t'y fais ? »

Bosco la regarda sans comprendre. Elle se tourna vers lui. Ses cheveux voltigeaient gracieusement autour de son visage. Elle était belle, dans la nuit déployée. L'Humain détourna vivement le regard.

« Je veux dire, reprit-elle, tout ça ! Si on m'avait annoncé du jour au lendemain que tout ce que je savais n'était qu'une poussière dans le vent et moins encore, je ne sais pas comment je l'aurais pris. »

Il réfléchit un instant. Il se surprit à chercher une réponse qu'il voulait qu'Elëa apprécie. Finalement, celle qui lui vint correspondait aussi à la vérité.

« Je ne sais pas exactement. Au fond, je ne sais pas pourquoi, je le prends bien. C'est comme si j'étais fait pour cela. Un grand vide a été rempli dès que j'ai posé les pieds ici, je pense que ce n'est pas qu'une coïncidence. Au fond, une partie de moi-même appartient à ce lieu. Je me sens… »

Il la regarda. Elle se tenait debout dans le noir ambiant, le vent lui fouettant sa figure. Les couleurs sur son visage se confondaient entre elles. Bosco la contemplait, et il murmura :

« … comblé. »

Ils levèrent tous les deux la tête, contemplant le beau ciel criblé d'étoiles.

Chapitre 18
Rampants

Bosco respira à pleins poumons. Elle se tenait à côté d'elle, radieuse, et il en était heureux. Le seul fait de sa présence le réjouissait.

Mais comme on brise une glace, l'instant magique prit fin.

Bosco se retrouva enfermé dans une bulle scintillante, Elëa à ses côtés. Elle tenait son épée à deux mains, brandie devant eux. Son regard cherchait à percer le voile sombre. Elle avait perçu quelque chose. Elle lança des éclairs enflammés qui sortirent du feu et déchirèrent la nuit.

Alors, Bosco les vit. Deux énormes serpents bleus, qui rampaient vers eux rapidement. Les éclairs disparurent, le noir revint ainsi que l'ignorance, et l'attente se fit d'autant plus pressante.

Brusquement, ils arrivèrent. Le jeune homme n'en vit d'abord qu'un. Il émit un sifflement strident, accompagné d'une langue fourchue qui vibra entre ses lèvres. Un bruit pareil à celui-ci répondit, derrière eux. Elëa se retourna. Le deuxième s'était glissé dans leur dos. Ils étaient pris en étau.

Le premier entrouvrit la gueule, laissant voir une buée verte qui prenait forme. Et l'attaque commença.

Bosco se sentit projeté à terre. Elëa l'avait poussé, lui évitant de se faire toucher par la brume verdâtre qui venait d'être crachée avec force par le second reptile. Elle lui cria :

« Ce gaz est mortel ! Ne te laisse pas toucher ! »

D'une agilité remarquable, elle para un assaut. Les deux serpents, dressés face à elle, la dépassaient presque. Bosco constata avec horreur que derrière eux se profilait une queue longue encore d'une dizaine de mètres. Un des serpents alors remarqua les tentes. Elëa, aux prises avec l'autre, ne put rien faire d'autre que défendre chèrement sa propre vie. Le serpent glissait sur la pente, lentement mais sûrement.

Bosco entendit alors un hennissement clair. Bringad se débattait avec la corde qui le retenait prisonnier. Bosco se mit à courir derrière le reptile qui progressait toujours. Dans son élan, le jeune homme perdit pied, dérapa, et roula sur la pente. Il s'arrêta net juste devant le serpent, qui se dressa devant lui. Ce dernier releva la tête, fit siffler sa langue couleur sang entre ses crocs pointus, inclina lentement la tête et mordit le jeune homme à la vitesse de l'éclair.

Chapitre 19
Dralsing

La douleur aiguë qui se diffusa dans sa jambe empêcha Bosco de réfléchir et de crier. Il ne voyait que des images floues du reptile géant qui l'avait laissé à son triste sort. Il glissait toujours silencieusement vers les tentes et plus rien désormais ne le priverait d'accomplir son méfait.

Au moment où le serpent allait passer sa tête dans l'ouverture et lancer son gaz mortel pour tout anéantir, Bringad parvint à se libérer. Il se précipita sur l'ennemi et prit le parti de le piétiner. Dans un sifflement strident, le serpent se dégagea sur le côté et contempla son corps meurtri. Fou de colère, il se retourna vers Bringad. Un combat acharné s'engagea alors entre la bête et l'animal. Ni l'un ni l'autre ne laissait transparaître un moindre signe de faiblesse. Le cheval piétinait, le serpent mordait. L'un crachait, l'autre ruait. Aucun coup de sabot ou coup de dents ne fut mis de côté. Par chance, la vitesse avec laquelle se battait Bringad ne permettait au reptile aucun moment de répit et il ne pouvait lancer son gaz nauséabond.

Soudain, le reptile se mit à se contorsionner sur lui-même. Il semblait ne plus respirer, et il étouffa finalement. Son dernier souffle fut accompagné d'une ultime brume verte trop faible pour toucher quelqu'un. Puzdag se matérialisa alors dans le sable.

« Devenir un non-d'air a parfois ses avantages » murmura-t-il en se tournant vers Bosco toujours étendu sur le sol.

Elëa, au sommet de la colline, baissa son arc. Le premier serpent gisait, cinq flèches au travers de son corps, à ses pieds. Alors que l'aurore se levait enfin, l'Alzibure et le Kariam se penchèrent au chevet de Bosco. Il contemplait la plaie salement ouverte. Le sang s'était mêlé au sable et à la poussière. La blessure avait dû être sérieusement infectée. Elëa claqua des doigts et un orbe jaune clignotante se promena contre la jambe de Bosco. Grâce à cet orbe, Elëa put remarquer que par chance le serpent n'avait lâché aucun poison avec sa morsure, ce qui facilitait grandement la tâche.

Les autres se levèrent enfin. Ils remarquèrent les dépouilles des deux monstres et jetèrent un regard interrogatif à Elëa, mais elle était trop occupée à fabriquer un bandage. Gayma arriva pour l'aider avec ses dons de guérisseuse. Puzdag expliqua aux autres en deux mots qu'il s'était réveillé en sursaut et qu'il avait apporté son assistance.

Bosco, soigné superficiellement et monté sur Bringad, ils purent se remettre en route.

***

La nuit retombait déjà. Le temps semblait passer en accéléré, tandis que leur progression semblait se dérouler au ralenti. Le vent mordant revint. Bosco était exténué. Il salua Boldemire qui montait la garde, et s'allongea paisiblement.

Boldemire, après s'être assuré que tout le monde était assoupi, siffla son cheval. Il lui murmura à l'oreille :

« Allez, Dralsing ! Allons-y vite ! »

Il se mit en selle, et, sans un bruit, s'éclipsa au galop dans la nuit.

Chapitre 20
Absence en tour de garde

Bosco se réveilla. Il faisait encore nuit, et il était encore fatigué. Il n'avait pas dû dormir beaucoup, une heure ou deux, tout au plus. La nuit allait être longue. Il s'étira doucement, se vêtit chaudement et sortit de la tente en traînant sa jambe quasiment infirme derrière lui. Le feu brillait, mais n'éclairait aucun autre visage que le sien. Boldemire avait disparu. Son cheval manquait à l'appel, aussi. Il était parti sans aucune explication. Bosco s'assit tant bien que mal à côté du brasier et contempla son bandage en grimaçant. Le jeune homme soupira. Il se connaissait bien : il ne lui serait pas possible de fermer l'œil jusqu'à la nuit suivante. Son oreille fut attirée par un bruit venant du lointain. Il n'y avait aucun doute : la chose quelle qu'elle soit, allait s'arrêter au campement. Bosco décida de se cacher pour le moment.

C'était Boldemire qui était de retour. Il mit pied à terre, et remit rapidement tout en place comme pour faire croire qu'il n'avait pas bougé de la nuit. Quelques minutes après, Laïgo sortit et vint prendre la relève. Boldemire fit comme si tout s'était bien passé et alla se recoucher. Mais en se glissant sous ses couvertures, il ne vit personne à la place de Bosco. Il fronça les sourcils. Mais comme Laïgo était toujours en train de se préparer non loin et de peur qu'il devinât son inquiétude, il laissa le sommeil l'emporter.

Laïgo avait tiré son épée et il l'aiguisait au coin du feu. Il frissonna un instant, et souffla légèrement contre le vent mordant qui devint chaud et ragaillardissant. En quelques secondes, le campement fut entouré d'une atmosphère chaleureuse. Quelques pas plus loin, on retrouvait le froid glacial. Au bout d'un long moment où Bosco se détendit, il sortit de l'ombre et rejoignit Laïgo. Sans même répondre, celui-ci lui lança gentiment :

« Tu en as mis du temps pour te montrer. Depuis combien de temps espionnes-tu Boldemire ? »

Bosco se demanda depuis combien de temps il avait été repéré et si Boldemire l'avait remarqué lui aussi. Il répondit :

« Je ne sais pas bien. Je ne savais pas qu'il était permis de partir pendant notre tour de garde… Ça m'a surpris. »

Laïgo leva enfin la tête. Son visage était changé par un grand étonnement.

« Partir pendant les tours de garde ? Que veux-tu dire ? Boldemire aurait quitté son poste ?

— Je suppose que oui. Quand je suis sorti de la tente, il n'y avait personne. Quelques minutes plus tard, il est revenu au galop sur son cheval. Il a tout mis en place pour faire croire qu'il n'était pas parti. Puis tu es arrivé peu après, et c'est tout ce que je sais. »

Laïgo ne dit rien. Il reprit sa tâche sans un mot et Bosco lui tint compagnie jusqu'à l'aube.

Pourtant, on voyait bien sur son visage une grande inquiétude. Il s'interrogeait en lui-même :

« Mais qu'est-ce qu'il est allé faire, celui-là ? »

Chapitre 21
L'épée

Tous étaient dehors et se préparaient à avancer dans le désert. Le soleil tapait fort.

On n'entendait que les hennissements des chevaux harnachés, le feu mourant et les tentes pliées.

Laïgo fixait Bosco. Au bout d'un temps interminable, il se dirigea vers l'un des bagages qu'il avait coutume d'accrocher à la selle de son cheval. Le contenu d'une sacoche étroite et longue avait toujours été un mystère pour le jeune Humain. Laïgo s'y dirigea et l'ouvrit lentement. Il plongea sa main à l'intérieur et en ressortit une splendide épée.

Le pommeau était sculpté de fioritures et de feuillages entrelacés pour former un merveilleux résultat. Ils encadraient une époustouflante pierre rouge, petite et fine, si belle qu'on en oubliait l'usage de l'instrument de guerre.

Laïgo s'avança vers le jeune homme. Il lui donna l'arme. Dans les mains du jeune homme, elle se mit à briller fort, bientôt seulement faite de lumière. La clarté soudain se détacha de l'épée et se mit à tournoyer en l'air. Enfin, elle retourna là d'où elle venait.

Laïgo annonça :

« Voici que cette arme faite pour tuer le mal et faire vivre le bien, faite pour défendre la veuve, l'orphelin, l'opprimé, le pauvre, faite pour sauver au nom de la Lumière, voici que cette arme se retrouve en ta possession, toi, Bosco, descendant de Théophile. »

Bosco boucla autour de sa taille la ceinture pourvue d'un fourreau et rengaina l'épée.

**

Le lendemain, la chaleur torride était telle qu'aucun yhlamàn ne pouvait la contrer ou même l'adoucir. Ils progressaient toujours droit devant eux.

Le cheval de Rawgel, en tête, hennit et se cabra soudainement. En bon cavalier, Rawgel parvint à le calmer à la faire reculer. Se penchant par-dessus l'encolure, il vit des pierres couleur sable se fondant dans le décor. Elles dépassaient à peine du sable mais étaient pointues et tranchantes. Le cheval les avait évitées de justesse.

Tous les cavaliers mirent pied à terre. La traversée fut difficile ; il fallait éviter les rochers saillants qui étaient très proches les uns des autres. On avait beau savoir qu'ils étaient là, il était difficile de les distinguer. Enfin, Gayma agita la main et un délicat voile blanc se posa sur le sol et sur les pierres. Lorsqu'il touchait les roches, elles viraient au rouge vif. Ils purent ainsi accélérer leur avancée, repérant bien chaque rocher traître. Pendant deux autres jours, ils ne furent entourés que de pierres semblables.

Pour dresser le camp, il fallait aménager le désert avec de la magie pour ne pas finir transpercés dans leur sommeil.

**

Enfin, quelques heures après le lever du soleil, après trois jours complets où l'horizon ne fut constitué que de pierres tranchantes, ils retrouvèrent le sable doux sur un sol lisse.

Falimos lança : « Eh beh ! On l'aura bien mérité ! Maintenant, c'est tout droit et tout plat jusqu'à la sortie de ce fichu Pulchirac ! »

Les autres acquiescèrent, sans savoir que le Vurcolisse se trompait, et lourdement…

Chapitre 22
Le jardin merveilleux

Dès le moment où le soleil fut le plus haut dans le ciel, le sable au loin se profila brunâtre.

Falimos grogna dans sa barbe rousse :

« C'est pas possible ! On veut notre mort, alors que ça fait que cinq jours qu'on est dans ce stupide désert ! »

Ils continuèrent néanmoins droit devant eux, il semblait impossible de contourner le nouvel obstacle. Sans qu'ils ne sachent pourquoi, la tension se mit à monter et à prendre de l'ampleur. Ils ne sentaient que leurs battements de cœur et n'entendaient les pas des chevaux que comme de très loin.

Ils firent les premiers pas sur la partie brunâtre qui s'avéra être une roche aux aspérités nombreuses qui la rendaient râpeuse et offensive pour le regard. Plus ils cheminaient, plus la route devenait impraticable à dos de cheval de sorte qu'ils durent mettre pied à terre.

Ils pénétrèrent bientôt dans une vaste grotte. Curieusement, on y voyait clair. Une aura de puissance régnait sur ces lieux. Le groupe découvrit une galerie étroite et juste assez haute pour que passent des montures. Comme il n'y avait pas d'autre sortie que par là où ils étaient entrés, ils s'y engagèrent. Puzdag et Ijylda étaient en tête. En cas de danger, ils pouvaient facilement faire demi-tour où attaquer. Mais à part le grouillement d'une bête inconnue dans une cavité sombre, rien ne vint les troubler. La galerie pénétrait dans une autre grotte. Ils y débouchèrent

Celle-ci, contrairement à l'autre, était réellement gigantesque. On n'en voyait pas le fond ni les côtés. Enfin, depuis des jours et des nuits sous un froid agressif et une chaleur torride, une fraîcheur délicieuse et délicate leur caressa la peau. Ce qui les frappa le plus fut la présence d'un jardin absolument singulier. On aurait dit qu'un jardinier avait vidé çà et là des graines sans aucune cohérence entre elles. On retrouvait des bosquets de cactus, des palmiers, des fleurs mouvantes et colorées, de simples arbres, des pierres moussues sur lesquels remontaient en sens inverse des petits cours d'eau claire, des oiseaux merveilleux qui de temps en temps faisaient frémir la verdure, et tout un tas d'autres choses semblables et différentes.

Enfin, Bosco s'aperçut que cela faisait plus d'un jour qu'ils n'avaient pas bu. Il saisit son outre et se précipita vers le fleuve. Il était pris par un on ne sait quoi de bizarre et d'inquiétant, mais sur le moment il ne s'en aperçut pas. Une sorte d'euphorie saugrenue l'avait saisi à bras-le-corps. Il ne remarqua même pas la splendide biche qui vint s'abreuver à l'eau, ce qui provoqua un effet étrange et mauvais. Elle s'en alla, flageolante sur ses pattes élancées, et s'écroula, inerte, dans les fougères rieuses qui se refermèrent sur son corps sans vie, ignorant l'incident. Le jeune Humain n'était pas le seul à être dans un tel état d'esprit. Ses compagnons étaient tous semblables, hormis les Karim qui restaient à l'écart, effarés par l'allégresse folle et malsaine qui prenait leurs camarades. Ils n'avaient pas manqué l'épisode avec la biche et regardaient avec méfiance l'eau que Bosco s'apprêtait à boire. Le jeune homme porta le goulot à ses lèvres. Il la fit tomber en goutte-à-goutte sur sa langue. Avant qu'il ait eu le temps d'avaler le liquide, Ijylda sauta sur lui, sous forme de bois, et lui arracha la gourde. L'eau se répandit sur le sol, s'infiltra et ne remonta plus. Le jeune homme recracha la boisson sous le choc. Il était comme soûl, et il réagit très mal. Il dit d'une voix endormie, et dégageant mollement son épée pour la brandir devant la Karime :

« Mais qu'est-ce qui t'a... t'a pris ? »

Sa mollesse fit place à un accès de fureur. Il ne se contrôlait plus lui-même. Ijylda dut faire appel à toute son agilité pour éviter les yhlamàns que lui lançait l'Humain inconsciemment sans discontinuer. À ce rythme, il allait vite s'épuiser, et Ijylda allait vite mourir. Enfin, il la toucha. Il poussa un atroce cri de victoire. Matérialisée et sans force pour se défaire du bois, Ijylda pouvait se faire trancher en deux par l'arme que Bosco avait brandie au-dessus d'elle. La rapidité avec laquelle s'étaient déroulés les évènements avait empêché Puzdag d'agir tout de suite. Il devint un non-d'air un instant, se posa sur Bosco qui chercha l'air à grandes goulées. Puis Puzdag devint de pierre. Bosco état étourdi, ce qui permit au Kariam de lui donner deux bonnes gifles. L'Humain souffrit, mais cela lui fit retrouver ses esprits. Il regarda avec désolation les autres, qui, pris de folie eux aussi, faisaient des choses incohérentes.

Tournant la tête, il aperçut Elëa qui se pencha pour boire à la source mortelle. Sans réfléchir, Bosco courut et la fit tomber à la renverse. Ils roulèrent tous les deux dans l'herbe. Le jeune homme tenta de les freiner. Enfin, ils s'immobilisèrent complètement, essoufflés. Elle le regarda longuement, ses yeux verts plongés dans les siens. Il la fixa, puis il se releva rapidement, un peu gêné. Il lui expliqua en deux mots la situation, puis il s'éloigna à la recherche des autres.

Elëa resta immobile quelques instants. Depuis quelque temps, son cœur s'affolait dès que le jeune homme était avec elle. Sa seule présence la comblait d'un bien-être qu'elle ne connaissait pas. « Qu'est-ce qu'il t'arrive, ma vieille ? » se demanda-t-elle tout bas. Elle le savait très bien, mais elle ne se l'avoua pas. Elle contempla Bosco s'occuper de ses compagnons avec toute la douceur dont il était capable. Ses joues s'enflammèrent sans qu'il ne la vit. Elëa n'était pas indifférente au charme de Bosco. Il venait de lui sauver la vie, et elle lui en était plus que reconnaissante. Il y avait quelque chose en plus… Elle détourna le regard pour ne pas se laisser émouvoir à la vue de tous. Elle partit de l'autre côté apporter elle aussi son secours à ceux qui en avaient besoin.

Ijylda, Puzdag, Elëa et Bosco s'attelèrent à la tâche de ramener tout le monde à la raison. Les chevaux, une fois montés, s'éloignèrent au plus vite du jardin maudit, sachant bien qu'il n'était pas bon d'y rester. Malheureusement, l'étendue du terrain semblait n'avoir pas de limites. Ils eurent beau avancer encore et encore, fouiller dans toutes les directions, ils ne trouvèrent rien d'autre qu'un prolongement du jardin merveilleux. Ils finirent par rebrousser chemin de là où ils venaient. Mais ils ne retrouvèrent plus leur route.

« Super, grommela Gayma à haute voix, on est complètement perdus ! »

Et elle avait entièrement raison.

Chapitre 23
Dêlikiar

Le jardin semblait se renfermer sur eux comme une bête affamée. À chaque fois qu'ils tentaient de prendre une direction, ils s'enfonçaient et se perdaient davantage. Ils commencèrent sérieusement à s'inquiéter quand ils estimèrent que cela faisait plus d'une demi-journée qu'ils déambulaient sans but.

Bosco demanda :

« Bon, on fait quoi maintenant ? »

Une voix inconnue, masculine et grave, lui répondit de derrière un petit bosquet de fleurs violettes avec des épines :

« Et si vous demandiez de l'aide ? »

Un silence lui répondit. Falimos et Laïgo échangèrent un regard. Ils dégaînèrent leurs armes et s'approchèrent prudemment de là d'où avait jailli la voix. Mais l'inconnu les devança en sortant lui-même de sa cachette.

C'était un homme qui portait des cheveux et une barbe semblables à ceux de Falimos vis-à-vis de la longueur. Ces derniers avaient la couleur d'une forêt grise parsemée de neige. L'étranger avait des yeux bleus profonds comme un ciel d'été. Il portait un ample vêtement de la même couleur, qui le couvrait jusqu'aux chevilles. Un grand chapeau pointu était posé sur sa tête. Il semblait avoir la force et le courage d'un téméraire jeune homme et les premières rides d'un vieillard. Il tenait comme une arme un long bâton gris surmonté d'un saphir, prisonnier d'une sculpture fine qui l'enserrait.

Falimos, aux aguets, en voyant l'inconnu, fut entraîné par son élan de défense et ne put se retenir. Il bondit en avant et se jeta sur l'inconnu sans parvenir à se stopper. Celui-ci brandit son bâton d'où sortit un éclair qui vint frapper le Vurcolisse de plein fouet. Le hamàn ne semblait pas être très puissant ni avoir coûté à son lanceur quelconque force, néanmoins il désarma Falimos qui se retrouva l'instant d'après à terre, désarmé et inconscient.

Le nouveau venu haussa un sourcil.

« Eh bien ! Votre ami n'y va pas de main morte ! Je suis désolé de la frappe, mais il ne m'a pas laissé le choix. Je comprends que vous m'ayez pris pour un intrus. Ne vous inquiétez pas, vu sa trempe, il s'en remettra vite. »

Dans un pareil cas, on s'attendait à une riposte, mais personne n'en fit rien. Du vieillard émanait une bonté, c'était incontestable. Chacun de ceux qui lui faisaient face le sentait de manière certaine.

« Je me présente, reprit-il. Je m'appelle Dêlikiar. Je suis magicien. Je vous attends depuis longtemps déjà. Vous n'avez pas fait très vite. Je m'attendais à mieux. »

Rawgel ouvrit grand la bouche, ahuri par l'impertinence de Dêlikiar. Mais dans les yeux de ce dernier brillait une lueur espiègle.

« Je vais vous sortir de cette impasse. Il faut faire vite, l'Ennemi avance. »

Sur ce, il se mit en marche et suivit le même chemin que Bosco et ses compagnons juste avant.

Puzdag se pencha à l'oreille de Boldemire et lui murmura :

« On est déjà passé par là au moins quatre fois… »

Falimos était toujours inanimé. Il avait l'air de ne pas avoir trop souffert. On ne s'en inquiétait pas trop : on se méfiait plus de là où on allait.

Finalement, ils s'arrêtèrent devant une cavité qu'ils n'avaient pas encore remarquée. Elle était sombre, et à côté du jardin, même s'il était maléfique, elle ne donnait pas envie. Pourtant, c'est là que Dêlikiar s'engagea sans sourciller avec une telle assurance que les autres oublièrent leurs doutes et marchèrent à sa suite.

Toute au fond de cette cavité, une nouvelle galerie offrait une issue. Très étroite et très haute. Dêlikiar les regarda mystérieusement, avant de s'engager dans l'étroit couloir et de disparaître.

Chapitre 24
Le brasier oublié

Ils mirent du temps avant de le suivre. Les flancs des chevaux parvenaient tout juste à passer dans la galerie étriquée, mais dès que quelques mètres furent parcourus, ils se retrouvèrent dans un couloir large et très praticable.

Dêlikiar souriait. Il les attendait.

« La prochaine fois, ne doutez pas. »

Après ces paroles, il s'enfonça plus loin et les autres n'hésitèrent plus. Ils s'engagèrent à sa suite.

***

Ils marchèrent longtemps. L'euphorie confiante qui les avait saisis plus tôt commençait à s'estomper. La fraîcheur de l'atmosphère avait tout de même réveillé Falimos, à qui on avait résumé la situation. Le Vurcolisse voulut aller s'excuser auprès du magicien et lui répéter que ce n'était que parce qu'il avait bondi avant de le voir qu'il n'avait pas pu s'arrêter, mais Dêlikiar n'avait pas ouvert la bouche une seule fois ni ne s'était retourné. Il restait impassible, seuls son long bâton et sa silhouette tracée sur les parois témoignaient de sa présence.

Bientôt, un silence prononcé s'installa. Non pas qu'avant il n'y en eut point, mais maintenant ni les bruits de pas, ni les respirations saccadées, ni les déglutitions ne semblaient exister. Chacun pensait devenir sourd, mais, en voyant le visage des autres, ils comprenaient qu'ils n'étaient pas les seuls à ressentir cette surdité. Pour leurs battements de cœur, seules les pulsations permettaient de dire qu'ils vivaient toujours. Dêlikiar restait imperturbable. Et continuait à avancer, entraînant les autres à sa suite. Droit devant eux, enfin, ils aperçurent une vive lueur. Plus ils avançaient, plus elle grandissait. Ils se dirigeaient directement sur elle. Le son était revenu, au grand soulagement de chacun. Dêlikiar s'était arrêté. Il tenait fermement son bâton sur le côté. Devant lui, une nouvelle grotte s'ouvrait. Bosco songea :

« Tout de même, ces grottes sont un véritable labyrinthe… »

Quand il arriva à la même hauteur que le magicien, il retint un hoquet de surprise devant cette grotte. Elle abritait en son sein un gigantesque brasier qui brûlait haut. La couleur du feu n'était pas naturelle : elle était de couleur orangée douce, de couleur pêche. L'yhlamàn y était sans doute pour quelque chose. Dêlikiar murmura, assez fort pour que tout le monde puisse saisir ses paroles :

« Voici le brasier de vie. Il a été oublié de tous, et pourtant il crépite encore. Je n'y aurais jamais cru… »

Il s'avança. Une flammèche timide quitta le feu pour venir s'enrouler autour de sa main. Visiblement, elle ne lui faisait pas le moindre mal. De même, des étincelles couleur pêche se détachèrent du brasier, une à une, pour venir tournoyer autour de chacun d'entre eux. Elles restèrent ainsi à danser devant eux, puis elles vinrent s'infiltrer dans chacun d'eux.

Bosco observait sa flamme. Elle s'immobilisa, puis vint délicatement s'insuffler dans les narines du jeune homme. Une grande paix l'envahit. Il se sentait plus fort, plus sûr. Le brasier de vie avait accompli pour lui ce qu'il avait à faire. Une allégresse bienveillante inexplicable s'insinua dans toutes ses veines, progressant ainsi jusqu'à son cœur. Il observa ensuite autour de lui, souriant béatement. Il n'était pas le seul à avoir vécu cette expérience.

Dêlikiar se tourna vers eux. Il répéta :

« Voici le brasier de vie. Son pouvoir est sans égal. Il n'empêche pas la mort, il permet la vie. »

D'une incantation prononcée à voix basse, Dêlikiar fit apparaître la biche morte qui avait bu l'eau fatale tout à l'heure.

Bosco pensa, surpris :

« Comment sait-il pour cette biche ? Comment a-t-il pu la faire venir ici ? »

Mais il se rappela que Dêlikiar était magicien et que cela suffisait à répondre à ces deux questions.

Il remarqua alors que la pierre trônant sur le bâton de Dêlikiar avait pris un nouvel éclat mordoré. L'objet enchanté avait absorbé un peu du pouvoir du brasier de vie. Murmurant de nouvelles paroles à mi-voix, le magicien, après avoir extrait un peu de ce pouvoir, le dirigea sur le corps de l'animal inerte. Dans un léger soubresaut, la poitrine de la biche se souleva et s'abaissa à nouveau. La biche se releva, cligna des yeux, effarée, agita délicatement ses belles oreilles et s'en fut rapidement sur ses pattes graciles. En quelques bonds, elle avait disparu.

Les Êtrarù se consultèrent du regard. Ils étaient prêts à aller de l'avant.

***

Chapitre 25
Le Zorbag de la Cinq Espéry

C'était une étreinte de frères. Une étreinte virile que s'échangeaient ces deux Zorbags. À l'abri des regards sous les branches du dlantier, ils se regardaient, un sourire aux lèvres.

« Eh ben, mon vieux, aujourd'hui ce n'est plus un jeu. On part vraiment. Finies les épées de bois, les flèches arrondies, les haches dessinées sur du papier. »

Pour appuyer ses dires, Taziey fit tournoyer son épée au-dessus de sa tête. Cartiofs, adossé au tronc de l'arbre, s'écarta en riant, évitant de se faire trancher la tête. Il était heureux de partir en mission avec son ami de toujours.

« Tu l'as dit ! On va enfin réaliser notre promesse de gamins : changer le monde ! Tu es prêt ? »

Taziey arrêta de faire jouer son arme et la cacha dans son fourreau. Il souleva les branches tombantes du dlantier qui les avait vus grandir tous les deux depuis qu'ils avaient appris à respirer. Il contempla les maisons entre lesquelles ils avaient couru, les ruelles où ils s'étaient cachés.

Oh oui, il était prêt. Plus que jamais. Son compagnon s'avança, et ils sortirent du couvert de leur arbre. Ils étaient beaux à voir, les deux amis en armure prêts à mourir pour les leurs. Ils incarnaient l'amitié même. Ce n'était pas aujourd'hui qu'ils allaient la briser. Oui, ils étaient prêts.

Leurs montures les attendaient en dévorant de leurs dents aiguisées le gibier qu'on leur avait apporté. Leur allure avait tout de chevaux alziburs ou humains, mais ils étaient essentiellement noirs, possédaient de grandes ailes de chauve-souris repliées sur leurs flancs et étaient appelés « rataïs ».

Cette fois-ci, c'était la bonne. Les deux Zorbags ne reviendraient peut-être jamais, mais ils s'en moquaient bien. Leur rêve était devenu réalité et ils le vivaient tous les deux. Ils lancèrent leurs rataïs au trot. Le soleil faisait étinceler le métal qui les couvrait. Ils se retournèrent une ultime fois vers ceux qu'ils aimaient. Puis, d'un geste de la main, ils tapèrent leurs montures sur l'épaule, et les rataïs déployèrent majestueusement leurs ailes. Ils disparurent dans le ciel bleu du champ de vision de ceux qui étaient restés à terre.

Ils allaient accomplir leur destin.

***

Chapitre 26
La fureur du sable

Voilà deux jours qu'ils étaient sortis de l'éternelle grotte. S'étaient succédé les cavités innombrables, les étranges animaux qui grouillaient mais qu'on ne voyait pas dans le noir, les sources pures d'eau fraîche, les galeries étroites et à nouveau les cavités... Ils n'auraient jamais cru le dire un jour, mais retrouver le sable leur fit un bien fou.

Dès le lendemain aux aurores, ils devraient quitter définitivement Pulchirac et retrouver leur bonne vieille civilisation. Depuis que Dêlikiar chevauchait à leurs côtés sur un splendide cheval immaculé qui l'avait rejoint après l'épisode du brasier de vie, ils n'avaient guère plus rencontré d'ennuis. Mais c'était trop beau pour durer...

Ils dégustèrent un frugal déjeuner constitué de viande et de biscuits secs. Bosco se disait qu'il était sans doute difficile de conserver l'humidité dans une chaleur pareille. Le repas n'en fut pas moins bon, mais les vivres s'amenuisaient fortement. Il se demandait quand même pourquoi personne n'effectuait un seul geste pour réalimenter leurs provisions. Un peu d'yhlamàn n'était pas de refus. Un moment où il en fit la réflexion tout haut à Laïgo, celui-ci lui répondit qu'ils ne pouvaient produire les hamàn le plus souvent qu'à partir des éléments qui les entouraient.

« Et comme il n'y a aucun arbre à lapin dans le coin, ajouta Laïgo pour conclure ses explications, ces petites bêtes ne perdent rien pour attendre ! »

***

Des hennissements affolés résonnèrent dans tout le désert. Les grottes étaient loin derrière. Elëa avait déjà bondi sur son épée. Gayma tenait une flèche empennée sur la corde de son arc tendue à l'extrême. Dêlikiar brandissait son bâton. Ils se relevèrent doucement et s'avancèrent vers les chevaux.

Puzdag et Ijylda avaient emprunté depuis deux jours un peu de pierre de la grotte. Quand ils découvrirent ce qui apeurait les montures, Bosco aurait juré les avoir vus pâlir, si c'est bien possible de voir de la roche blêmir.

Deux Karim de sable se tenaient devant les bêtes. Les tentes étaient à terre, leur contenu éparpillé partout. Ils avaient aussi, chose plus embêtante, renversé le piquet auquel les montures étaient attachées. Certaines d'entre elles détalèrent sans demander leurs restes. Puzdag et Ijylda coururent vers les intrus tandis que les autres rattrapaient les fugueurs. Bosco dut bien avouer que c'était fantastique de pouvoir, d'un geste de la main, soulever des dunes. Devant de tels obstacles, les montures se résignèrent et firent demi-tour en piaffant.

Le combat de Karim à Karim était époustouflant. Bosco vit sur le côté deux tas de roche, indiquant que ses deux compagnons avaient changé de forme. Les Karim de sable n'avaient pas l'air de s'affairer réellement. Ils étaient de sable et le restaient. Brusquement, ils furent pris de court par Ijylda qui venait d'apparaître en flammes. Elëa tenait une torche devant elle, faisant comprendre par là qu'elle avait donné une aide à la Kariame. Celle-ci se jetait sur l'un des ennemis qui n'eut pas le temps de réagir. Il brûla dans un râle agonisant, avant de disparaître totalement. L'autre fulminait de rage. Il se déchaîna dans un tourbillon furieux. Il fondit sur Elëa, qui se releva tant bien que mal, toussant et crachotant, donnant des coups d'épée vengeurs dans l'air, qui furent bien sûr inutiles.

« Bosco, attends… »

Le jeune Humain n'entendit pas la suite. Il était la personne la plus proche d'Elëa, et par conséquent, de l'ennemi. Qui venait de le prendre pour cible.

Bosco eut la sensation terrifiante d'étouffer. Il comprit que le Kariam était de non-d'air. Il n'avait aucune chance. Sa vie défilait devant ses yeux tandis que ses poumons et sa poitrine cherchaient en vain à respirer et à se soulever. Il se souvenait de ce jour où il avait appris que son père avait disparu sur la mer, alors qu'il était tout petit. Allait-il le rejoindre, désormais ? Y avait-il quelque chose derrière ? Était-ce possible ? Sa vue se brouilla, puis plus rien.

Le noir complet.

***

« Aaaah ! »

Le jeune homme se releva d'un bond, furibond. L'eau glacée dégoulinait sur ses épaules et le trempait jusqu'à la moelle.

« Mais qu'est-ce… »

La mort ? On dirait qu'elle était partie. Sa colère disparut du même coup. Oui, ses amis se tenaient, bien vivants, devant lui.

Il regarda ses pieds. L'eau qui lui avait dégouliné dessus était en train de se reformer sur un Puzdag hilare.

« Eh bien ! Tu n'as pas l'air très content d'être encore vivant ! »

Bosco s'aperçut que si sa colère était partie aussi vite qu'elle était venue, il n'avait pas encore défroncé ses sourcils. Il s'empressa de le faire.

Une heure plus tard, alors qu'ils étaient remis en selle sur des chevaux apaisés, Dêlikiar raconta la chose à Bosco comme elle s'était passée.

« Tu as échappé à la mort de justesse. Puzdag était là. Il a été de non-d'air un court instant pour chasser ton assaillant. Un autre Kariam est malheureusement venu à la rescousse du premier. J'en ai fait mon affaire, rit-il avec un sourire malicieux. Puzdag s'est occupé de celui qui avait tenu jusqu'au bout en le mouillant complètement. Ses mouvements devenaient impossibles dans le sable opaque, il a abandonné la partie. Mais le problème c'est que pour ce faire, Puzdag a puisé dans nos dernières sources d'eau.

— Ce qui veut dire que…

— Si nous ne sortons pas assez tôt du désert, nous mourrons tous de soif. »

L'air consterné du jeune homme fit partir le magicien dans un grand rire qui éclata.

***

Ils avaient décidé de ne pas s'arrêter pour la nuit. La fraîcheur glaciale les ferait plus avancer que la chaleur meurtrière.

Les chevaux étaient à bout de force. Il fallait avouer que pour les humains comme pour les bêtes, l'eau avait été minime. Leurs cavaliers décidèrent donc de descendre pour économiser leur robustesse. Ils firent bien. Dès les aurores, Pulchirac décida d'essayer une dernière fois de décimer ces personnes qui avaient osé le traverser. Il rassembla ses forces, ses vents, son sable. Et il monta une tempête gigantesque comme il n'en avait pas faite depuis bien longtemps. Il envoya sa nouvelle arme qui fila rapidement vers les chevaux et les Êtrarù qui étaient presque arrivés à la lisière du désert, et qui ne se doutaient de rien.

« C'est quoi ce truc… ? »

Elëa s'était retournée sur sa selle. Les mains en visière, elle observait l'étendue de sable derrière elle. Lorsqu'elle comprit ce qui se tramait, son visage blanchit soudainement.

« On a un gros, gros problème. Soit on sort du désert maintenant, soit on n'en sort pas du tout. »

Effectivement, un souffle de vent inhabituel les frôla. Il était agressif. Au loin, on voyait déjà la vague de sable qui roulait vers eux.

« Ça va très vite ! commenta Falimos. Beaucoup trop vite ! Courez ! »

Ijylda et Puzdag, les deux Êtrarù du peuple du vent et du ciel se muèrent en souffle vivant qui les poussait rapidement vers la sortie de Pulchirac. Leur salut n'était pas loin, mais la tempête était encore plus près et ne cessait de se rapprocher. Les montures étaient lancées dans le galop le plus rapide de leur vie. Personne ne savait s'ils auraient assez de forces pour pouvoir s'en sortir, mais ils avaient décidé d'espérer.

Rawgel descendit rapidement de cheval et se retourna. Il leva les mains et maintint sa position face à la vague meurtrière. Il semblait pousser comme un mur invisible. La tempête au loin sembla hésiter une ou deux secondes, du temps de répit supplémentaire, puis finalement repartit à l'assaut, pulvérisant Rawgel au loin. Il s'affaissa par terre. Bosco eut tout juste le temps de descendre de sa selle et de le prendre en croupe. Derrière, la tempête de sable mugissait férocement. Elle les tenait. Rawgel avait disparu. Bientôt, Bosco ne vit plus rien. Les autres étaient invisibles à ses yeux. Le vent le fit tomber, et pour ne pas perdre son cheval, il dut le tenir par la bride. Le sable tourbillonnait autour de lui, s'infiltrant entre ses lèvres. Il se mit à tousser et à cracher, ce qui n'arrangea pas la chose. L'air se fit de plus en plus rare. Il était empli de petits grains qui lui raclèrent la gorge et l'irritèrent. Bientôt, le jeune homme perdit sa direction. Il continua à avancer tant bien que mal, contre les vents, mais peut-être qu'ainsi il s'éloignait de la lisière du désert. Il était perdu, au sens propre comme au figuré.

Enfin, une voix puissante surmonta les vents furieux et lui fit lever la tête. La bourrasque recula et se dressa à quelques mètres d'eux, prête à revenir à la charge. Tous les autres qui à un instant étaient prisonniers de la tempête furent heureux de revoir le ciel bleu. Bosco chassa la poussière qui s'était glissée sous ses paupières et put observer à sa guise le monde qui l'entourait. Dêlikiar se tenait face à la grosse vague dressée comme un mur.

« ÇA SUFFIT ! » tonna-t-il.

La tempête tourbillonna sur elle-même, attendant avec curiosité ce que cet homme allait lui dire avant de mourir.

« Cette fois-ci, Pulchirac, tu es allé beaucoup trop loin ! »

Dans la vague se forma un visage gigantesque à l'échelle de la tempête. Il était grimaçant. Ils se tenaient devant l'esprit de Pulchirac en personne. Sans trop savoir pourquoi, tous se trouvèrent pétrifiés de peur. Un relent de terreur les avait atteints. Dêlikiar, lui, ne semblait pas avoir été touché. Il regardait la face monumentale qui le dévisageait.

« Pulchirac ! »

À son nom, la figure arrêta de se tortiller dans tous les sens. Elle écoutait.

« Pulchirac ! répéta à nouveau le magicien. Mon nom est Dêlikiar. Je suis magicien depuis un nombre incalculable de lunes. Tu ne nous auras pas. Au nom des lois les plus anciennes, je te somme de nous laisser partir ! »

Pulchirac se contorsionna. Son visage exprimait la colère. Il n'était clairement pas d'accord.

« JE TE SOMME DE NOUS LAISSER PARTIR ! »

Le magicien regardait fixement Pulchirac. Bosco contemplait attentivement. Il ne vit rien. Mais soudain, le visage de Pulchirac hurla un cri muet traduit par un mugissement féroce de la tempête. Il hésita, puis fit demi-tour. La tempête disparut définitivement au loin.

Bosco sentit qu'il s'était passé quelque chose de phénoménal, mais il n'en avait rien vu. Dêlikiar avait fait son œuvre.

Ils couvrirent la maigre distance qui les délivrerait du désert à pied. C'est heureux qu'ils en passèrent la frontière.

Ils avaient réussi à traverser Pulchirac le Terrible.

Chapitre 27
Télépathes

« Il n'y a personne, c'est bon ! »

Taziey tapa sa monture sur l'épaule et le rataïs descendit vers le sol à toute allure en piqué, en repliant ses grandes ailes. Derrière, Cartiofs faisait de même. Ils avaient atterri dans une grande plaine d'herbe verte. La prairie était parsemée, comme de neige, par des petites fleurs blanches en forme de clochettes.

« Halte ! Les rataïs sont épuisés. On est partis depuis combien de jours ?

— Une vingtaine. Et là, ça doit faire cinq jours d'affilée qu'on ne s'est pas arrêté. Les animaux ont filé à toute vitesse. »

Ils se saisirent de quelques bagages sur la croupe de leurs bêtes, et s'éloignèrent vers les fourrés. Les rataïs les suivirent d'eux-mêmes.

« Taziey, on met combien de temps d'ici à Yrflotz ? »

L'interpellé ferma les yeux.

« Si on continue à la même allure, on y est dans deux jours.

— Il faut qu'on se dépêche. Où en sont Ijylda et Bosco ? »

Taziey ferma à nouveau les yeux. Il n'avait pas le choix, il allait sonder les pensées de l'Humain.

***

Bosco sursauta. Il revenait de la chasse avec Rawgel et Laïgo, du bois dans les mains. Il chercha autour de lui, sur la défensive. Il avait la sensation sûre que quelqu'un l'observait. Il s'arrêta.

« Tout va bien, Bosco ?

— J'ai l'impression qu'on est surveillés. »

Rawgel encocha une flèche. Il savait qu'il n'y avait personne, il l'aurait déjà repéré. Il en était certain. Mais il préférait tout de même rester sur ses gardes. On était toujours trop sûr de soi, jamais trop confiant dans l'autre. De son côté, Laïgo avait fait de même. Ils attendirent ainsi, tous les trois, silencieux, immobiles. Les lièvres et la perdrix morts pendaient à leur ceinture. Mais comme au bout d'un long moment rien ne vint, ils baissèrent leurs armes. Ils restaient sur la défensive. Bosco sentit la présence, furtive, partir tout aussi rapidement qu'elle était venue. Il ne se sentait plus épié. Il bafouilla des excuses.

Ils rentrèrent au camp, quittant l'abri des arbres. L'incident était clos.

***

Bosco repensa à Dêlikiar qui était parti de son côté. « En mission, qu'il disait », se souvint Bosco. Si ses souvenirs étaient bons, le magicien avait voulu partir « Voir où en était l'Ennemi ». On lui avait assuré que la mission était trop dangereuse, mais Dêlikiar n'en avait pas démordu. Il leur avait assuré qu'il les retrouverait par la suite bien par lui-même. « Les Télépathes me guideront ! » avait-il ajouté d'un air mystérieux en sondant Bosco. Le jeune homme n'avait toujours pas compris ce qu'il avait voulu signifier par là. Dans ses pensées, Bosco bifurqua vers l'incident de tout à l'heure. Il avait été vu, il en était sûr. Comment pouvait-il en être autrement ? Bosco se sentait suivi. Il se tiendrait désormais sur ses gardes.

***

Taziey fronça les sourcils. Il annonça pensivement :

« Ils sont bientôt arrivés à Yrflotz. Ils y sont dans un jour tout au plus. Si on se dépêche vraiment, on a des chances de les attraper au passage. Avec de la chance, ils feront une pause sur place.

— Ça va, mon vieux ? Tu as l'air tout songeur ! remarqua Cartiofs.

— Nous avons un léger problème. Je crois que ce Bosco est Télépathe tout comme moi.

— Pardon ?

— Il ne doit pas le savoir lui-même, sinon il aurait eu des défenses mentales. Je n'aurais pas réussi à lire dans ses pensées. Mais il s'en est aperçu, c'est sûr. Il a été sur la défensive.

— Ce qui veut dire ?

— Ce qui veut dire qu'il sait qu'on le recherche.

— Demain, on part à l'aube. Je suis de garde ce soir. »

Taziey hocha la tête et s'endormit à même le sol, s'abstenant pour quelques heures de ses sombres pensées. Cartiofs s'enroula dans une couverture et alluma un feu.

Ce feu était banal, si ce n'était que Cartiofs l'avait allumé d'un claquement de doigts, qu'il flottait en l'air en ne consumant aucun bois, et que ses flammes étaient bleues comme la nuit.

Chapitre 28
Vendeur et fils

Ils s'arrêtèrent devant une grande porte en bois. Bosco leva la tête. Les remparts de la ville d'Yrflotz n'étaient pas très grands ni très solides. C'est tout juste s'ils avaient servi à ralentir légèrement l'ennemi pendant une attaque. Après un contrôle effectué par un soldat, ils purent entrer à l'intérieur du village. Le jeune homme se sentit complètement dépaysé. Certes, à Lyon, ce n'était pas tous les jours qu'il se promenait à cheval dans la forêt, mais le désert, les bois, la mer, les grottes, tout cela existait encore dans son monde. Cependant, Yrflotz était construite à la manière du Moyen-Âge. C'était si soulageant que de déambuler sur des pavés, dans de larges rues fleuries. Retrouver la civilisation fit une bouffée d'air frais à Bosco, mais pas aussi grande à celle à laquelle il s'était attendu. En réfléchissant bien, il fut surpris de constater qu'il avait pris un goût à la vie de guerrier loin des villes et des villages. Il mit la main à son côté, palpa son épée merveilleuse. Il sourit. Oui, il avait trouvé sa place. C'est avec assurance qu'il s'arrêta devant une belle porte détaillée. Étaient sculptées de splendides armes. Tout en haut, au-dessus de l'encadrement, se trouvait un blason bleu et rouge traversé d'une épée. Elle précédait une belle inscription : « La boutique de l'armurier » C'était une représentation simple, mais elle fit du bien au jeune homme, sans trop qu'il ne sache pourquoi.

Un palefrenier qui portait un plastron de la même couleur que le blason leur demanda avec un sourire :

« Vous voulez que je m'occupe de vos animaux ? »

Ils les lui confièrent. Bosco remarqua seulement maintenant qu'à l'entrée se tenaient deux gardes stoïques. Le premier leur demanda de déposer leurs armes, le second les contrôla à nouveau.

« Passez. »

Il était avare de paroles et reprit sa place initiale. La seconde d'après, on aurait juré que c'était une statue. Elëa expliqua à Bosco :

« La boutique de l'armurier est une armurerie très célèbre. Il y en a deux très réputées sur tout le territoire. Une à Yrflotz, l'autre à Hacondji, plus au nord-ouest. C'est pour cela que c'est si bien gardé. »

Elle s'était penchée vers lui pour ne pas avoir à parler trop fort par-dessus le bahut. Le cœur de Bosco accéléra plus fort, tout proche d'elle. Quand elle se redressa, il s'éloigna rapidement. Il ne voulait pas qu'elle remarquât son trouble. Juste après, il arrêta Bringad. Il se sentit bête. Pourquoi avait-il réagi ainsi ? Qu'avait-elle pensé de lui qui se retirait ? Il regretta immédiatement son geste. Voyant la tempête à laquelle il se confrontait tout seul, il se morigéna intérieurement :

« Mon vieux, ça suffit ! Tu as fait ce que tu as cru bon. Ce qui est fait est fait. »

Il sortit de son état d'esprit avec difficulté. Il savait que ça pouvait revenir. Il se força à sourire, mais il se sentit plus stupide encore. Le défi ne serait pas de vouloir lui plaire à tout prix, mais d'apprendre à être lui-même.

***

Taziey et Cartiofs pénétrèrent à pied dans Yrflotz. Un rataïs attirerait beaucoup trop l'attention. Leur peau verte leur suffirait amplement. Le garde de contrôle les regarda avec méfiance. Quelques soldats se rapprochèrent, prêts à intervenir. Il n'était pas bon, quand on est Zorbag, de courir le pays en ces temps-là. Mais comme ils respectèrent l'usage en déposant leurs armes au pied du garde, on fut bien obligés de les laisser passer. Mais c'était à contrecœur. Une fois qu'ils eurent disparu, un des gardes se pencha vers l'autre :

« Que peut-on vouloir à de simples paysans ? murmura-t-il. Pour un ennemi, ça n'a aucun intérêt. Non, sûrement, ces deux-là, ils viennent pour le groupe de tout à l'heure. Deux passages exceptionnels en une journée, quasiment à la même heure, c'est une coïncidence qui ne vient pas du hasard. »

Le garde se redressa, et se répéta pour lui-même :

« Ces deux-là, ils viennent pour le groupe de tout à l'heure… »

***

Puzdag poussa la porte. Une clochette tinta de l'autre côté. Le temps qu'ils y pénètrent tous, un monsieur les attendait déjà. Il devait avoir la cinquantaine, et sur son visage s'affichait une bonhomie frappante. Un sourire franc éclairait son visage. Une barbichette taillée finement en pointe ponctuait son visage d'une légère jovialité.

Bosco s'arrêta sur le seuil, pétrifié à la vue du personnage. Ce dernier le dévisageait aussi. Il avait perdu son sourire.

***

Dans le cerveau de Bosco, les rouages tournaient à mille à l'heure. C'était impossible, et pourtant, l'autre était là, qui le contemplait en silence. Ils se regardaient mutuellement. Le vendeur plissa les yeux. Bosco était dévisagé et il dévisageait. En face l'autre se mit à le détailler des pieds à la tête.

« Bosco, ça va ? »

Elëa le regardait pâlir à vue d'œil. Il se passait quelque chose.

***

Le vendeur contemplait le jeune homme qui se tenait en face de lui. Bosco… ? Était-ce seulement possible ? Lui, ici ? À Nawgëlsky ? Il murmura, pour vérifier s'il ne se trompait pas :

« Bosco, c'est bien toi ? »

***

« Oui, c'est bien moi. »

Il sourit à peine. Un sourire pâle. Derrière, les autres s'impatientaient.

« Bosco, tu veux bien nous dire ce qui se passe ? »

Le jeune Humain se retourna et écarta les bras, comme désolé :

« C'est mon père. »

Chapitre 29
Père

La ressemblance n'était pas frappante. Il fallait même la chercher pour ne serait-ce que la distinguer.

« Tu as tellement grandi…

— Tu as vieilli. »

Bosco parlait froidement. Ses compagnons d'armes ne comprirent pas pourquoi il conservait une telle animosité envers le vendeur. Celui-ci semblait savoir, car il ne s'étala pas en affection.

« Je crois que nous devons parler… Navré, jeunes gens, mais je vais vous laisser seuls un moment. Faites comme chez vous. »

Il prit Bosco par le bras et le tira dans l'arrière-boutique à part. Un coup de vent s'engouffra à ce moment dans la boutique en faisant valser les feuilles volantes, et fit claquer la porte sur Bosco et son père, marquant leur absence avec force.

« Bon ben, vous y comprenez quelque chose ? » lança Falimos en levant un sourcil.

***

« Bosco, je sais que tu m'en veux. Je suis désolé d'être parti et de ne vous avoir rien dit, d'accord. Désolé, tout ce que tu veux... Mais tu es mon fils et tu n'y changeras rien. Tu sais, je ne suis pas parti de mon plein gré. Ils ont essayé de faire quelque chose avec moi. Ils voulaient que... je ne sais plus très bien... que je sauve le monde qu'ils disaient. Avec des Vurcolisses et d'autres...

— Toi aussi, ils ont voulu te former ?

— Toi *aussi* ? Je suis parti depuis plus longtemps que je ne le croyais...

— Oui, et tu as laissé derrière toi une femme et un fils en pleurs. Tu les as laissés penser que tu étais mort.

— Écoute, je me suis déjà excusé, et je n'ai pas choisi ni décidé mon départ. Dis-moi une chose... As-tu pensé à ta mère ? À ce qu'elle pourra te dire si tu en réchappes ? Ce ne sera pas de ta faute et tout le tralala... D'accord, mais c'est la même chose pour moi !

— Tu aurais au moins pu nous le faire savoir !

— Parce que tu penses que c'est facile de faire passer un papier d'un monde à l'autre ? Mon fils, il y a des choses que tu ignores. Faire passer une lettre d'un monde à l'autre en fait partie. »

Le silence se fit dans l'arrière-boutique où père et fils se retrouvaient. Un rayon de soleil se risqua par la petite fenêtre et vint caresser le visage du père, lui rendant toute sa splendeur. Bosco ne put empêcher ses yeux de se mouiller de larmes. Cet homme lui avait tant manqué... Il avait tant pleuré... Comment aurait-il pu inventer que son père avait été retenu dans un autre monde ? Mais le cœur de Bosco était enserré dans un étau qu'on appelle la colère. Une colère aveugle contre ce père qui avait délaissé derrière lui des êtres chers. Bosco savait que son père n'avait pas choisi, il l'avait dit lui-même, mais il ne pouvait s'empêcher de ressentir une rancune.

Le chemin était encore long pour arriver au pardon.

***

Quand enfin ils ressortirent de l'arrière-boutique, les autres les attendaient depuis pas mal de temps.

« Je suis à vous. »

Le vendeur se fraya un chemin entre les étagères chargées d'armes et se consacra enfin aux amis de Bosco, qui était resté en arrière.

« Euh... Bosco souhaite se rendre à Dyrlimar... »

Le père ouvrit des yeux ronds et se tourna vers son fils, dont le visage resta impassible.

« C'est... c'est par ici... »

Au même moment, la clochette sonna joyeusement, et deux Êtrarù entrèrent dans la boutique. C'étaient des Zorbags.

Chapitre 30
La boutique de l'armurier

Cartiofs poussa la porte, et Taziey entra à sa suite. La clochette tinta longuement dans le silence de marbre qui s'installa entre eux et les autres.

Il n'avait pas été difficile de les retrouver, grâce aux chevaux dehors. Cela faisait plusieurs jours qu'ils couraient la campagne dans le but de leur parler. Mais maintenant qu'ils étaient face à face, devant la posture de défense inconsciente que les autres avaient prise, les deux Zorbags ne savaient que dire. Ils décidèrent de ne rien laisser paraître pour l'instant de la raison de leur venue.

« Bonjour. Sommes-nous ici dans la célèbre "Boutique de l'armurier" ?

— Je vous prie d'attendre dehors, j'ai déjà des clients. »

Le ton employé par le vendeur à la barbichette était très clair et net : il voulait que les Zorbags sortent de son magasin. Ces derniers s'y plièrent.

Une fois dehors, Taziey dit à Cartiofs :

« Les préjugés sont durs… »

***

Dans la boutique, le cœur d'Elëa battait vite et fort. Sans savoir pourquoi, quand elle se tenait devant le père de Bosco, elle se sentait obligée de se comporter parfaitement devant lui. Elle ne voulait pas trop se l'avouer, mais le charme du jeune Humain pour qui elle était là ne la laissait pas indifférente. Et le fait de se tenir devant un membre de sa famille non plus.

« Reprends-toi ! se chuchotait-elle. Tu ne vas pas te mettre dans tous tes états juste parce qu'il y a son papa ! C'est bon ma grande, reprends-toi, et dis à ton cœur de se calmer… »

Mais évidemment, ce dernier n'obéit pas et tambourina de plus belle. Il n'était pas d'accord avec elle : il voulait vivre sa passion.

***

« Voilà le lot des affaires complètes pour Dyrlimar. Vous pouvez y jeter un œil : souvent, les gens préfèrent compléter avec deux trois bricoles. Il manque notamment une cotte de mailles. Faites-vous plaisir, c'est gratuit. »

Falimos fronça les sourcils. Un vendeur ne vend pas ses marchandises aussi généreusement. Surtout pas un marchand d'armes chez qui viennent les clients les plus riches. Mais quand il vit le regard triste que le père porta sur son fils, il n'insista pas plus longtemps. C'était évident : l'homme voulait se racheter auprès de Bosco.

Bosco flânait entre les rayons et caressa du bout des doigts une superbe cotte de mailles aussi solide que résistante, aussi belle que discrète. Falimos s'approcha.

« Euh… Bosco ? Choisis indépendamment du prix. Ton père nous fait une offre : tout est gratuit.

« — Je veux bien, mais le problème c'est que je ne peux pas choisir par moi-même : je ne suis pas un expert en la matière, j'ai besoin de conseils.

— Évidemment, mais je connais la culture Vurcolisse plus qu'Humaine. Va demander à Boldemire ou à Rawgel. »

Bosco s'en fut accomplir l'importante tâche de se munir en armes, tandis que Falimos murmurait derrière lui, dans sa barbe :

« Ah, tout de même, les histoires de famille ! »

Et le maître Vurcolisse s'en fut voir du côté des haches.

Chapitre 31
La proposition des Zorbags

Laïgo dégaina avant de sortir. Ils adressèrent des remerciements chaleureux auprès du père de Bosco. Mais, jetant un œil à l'extérieur, ils virent les Zorbags qui les attendaient de pied ferme.

« Mais c'est pas possible ! Qu'est-ce qu'ils nous veulent, eux ? »

Il quitta la boutique, suivi des autres qui se tenaient sur leurs gardes. Bosco n'était toujours pas sorti. Son père en profita pour l'accoster :

« Bosco ?

— Oui ?

— Prends soin de toi. Si tu ne veux pas le faire pour toi, fais-le au moins pour ta mère. Et si tu rentres dans l'Autre Dimension, je t'en prie, viens me chercher. S'il te plaît…

— D'accord. Au revoir, Papa.

— Au revoir, mon fils. »

Et ils se quittèrent. L'un retourna à son comptoir, l'autre à son aventure.

***

« Donc, si on comprend bien, Taziey fait partie de la Cinq Espéry, et vous êtes venus nous chercher ?

— C'est à peu près ça. Mais s'il vous plaît, cessez de nous regarder de la sorte et posez vos épées. Nous venons en amis ! »

Laïgo s'exécuta avec résignation.

« Dans notre contrée, la révolte gronde. L'Ennemi séduit le peuple. Nous savons, et mieux que vous, à quel point il est prêt pour le retour, et ce retour est plus imminent que vous ne le pensez. Nous nous devons d'agir vite. Très vite. Pour cela, je vous propose quelque chose : pendant que l'Humain se forme…

— L'Humain s'appelle Bosco.

— Oui. Pendant que Bosco se forme à Dyrlimar, vous allez chercher l'Alzibur, le dénommé Walsckhum qui doit se trouver dans le nord de votre pays. À vous de le localiser, de lui expliquer, de le former et de l'emmener avec vous. Quant à nous, Cartiofs et moi, nous allons nous occuper du Vurcolisse, le dénommé Danôlk. Nous faisons le même travail que vous. Nous avons une lune pour accomplir chacun de notre côté le travail qui nous est dû. Et à la fin de cette lune, nous nous donnons rendez-vous à Ayfassac, votre capitale. Êtes-vous d'accord ? »

Ils ne mirent pas longtemps à se consulter du regard. C'était la meilleure solution. Elëa conclut au nom de tous :

« Rendez-vous dans une lune. »

Chapitre 32
Turlimor

« N'ayez pas peur, il n'est pas méchant. Kougorm peut impressionner, mais c'est une bonne bête. »

Bosco contemplait le rataïs de Taziey. Il réalisa à quel point l'aventure se corsait : le Zorbag voyageait avec eux. Suite à de nombreuses discussions, il fut décidé que Falimos accompagnerait Cartiofs au pays des Vurcolisses, et que Taziey viendrait à la place de Falimos au sein du groupe de Bosco. Falimos et Cartiofs étaient partis de bonne heure. Le Vurcolisse étant petit, le rataïs de Cartiofs n'eut aucune peine à le prendre en charge supplémentaire.

Bosco alla s'occuper de Bringad.

« Tu sais, mon ami, se confia-t-il à son cheval, je ne sais pas trop à quoi je me suis engagé. Si j'éprouve de la frayeur en voyant un seul rataïs, qu'est-ce que ce sera sur les champs de bataille ! Et surtout, j'appréhende Dyrlimar : je serai seul. Tout seul. »

Le cheval fourra ses naseaux entre les mains du jeune homme.

« Ah oui, c'est vrai, tu m'accompagneras. Heureusement que tu es là… »

Cette constatation remit du baume au cœur du jeune chevalier. Il regarda autour de lui et vit Elëa. Il sourit. Non, il n'était pas seul.

***

Au détour du tournant bordé d'arbres, Bosco arrêta d'un mouvement de talons son cheval. Les autres firent de même, le sourire aux lèvres. Ils connaissaient bien ce paysage. Le chemin révélait aux yeux du jeune homme le premier but de son voyage. Une étape importante dans sa formation. C'était une grande ville aux toits dorés. On entendait presque d'ici la population vivre sa vie. Eux ne se souciaient pas encore de ce qui se passait plus au Nord. Et c'était tant mieux. Les toits brillants des maisons reflétaient les rayons crépusculaires du soleil et éblouissaient tout observateur en hauteur.

Le soleil au loin avait déjà entamé sa descente spectaculaire. Des nuées discrètes et pourtant belles encadraient le spectacle à couper le souffle. Des teintes pâles coloraient avec goût le ciel de nacre. Éclatantes de grâce, les couleurs mordorées du soleil dardaient la ville de leurs rayons chauds et réconfortants. Ici, l'astre n'avait rien de la férocité qui l'avait caractérisé dans Pulchirac le Terrible. Il était désormais doux, et caressait les flancs de Bringad avec délicatesse.

La ville était grande, elle s'étendait très loin… Et tout là-bas, une immense forêt qui dégageait une aura spéciale, une aura forte, une aura magique. La forêt du nom de Dyrlimar.

Oui, sous les yeux éblouis du jeune homme, s'étendait l'ancienne capitale du royaume des Humains : Turlimor la Splendide.

Chapitre 33
Aux portes de la ville

Bosco resta sans voix. La ville était réellement splendide au bas mot. Plus ils approchaient, plus la circulation était dense. Charrettes, ânes, marchands, fermiers, moutons et bergers, tous allaient et venaient à leur guise.

Quand Bosco et ses compagnons s'avancèrent devant la porte d'entrée pour l'un des contrôles habituels des temps de tension de guerre, l'immense porte qui n'en finissait pas de s'élever jeta à la face de Bosco toute sa petitesse. Oui, le monde était grand, mais à cet instant cela ne le dévalorisa pas dans la tête du jeune homme. L'univers avait des secrets cachés qui laissaient un goût mystérieux à la vie. La vie, Bosco la dégustait en ce moment à pleines dents.

Les soldats regardèrent avec méfiance Taziey qui avait pris bien soin de laisser Kougorm en hauteur, invisible aux yeux des gardes : le rataïs les rejoindrait sitôt qu'ils auraient trouvé un endroit convenable où dormir dans la ville. Avec l'animal, le passage aurait été encore plus difficile. Les Humains et les Alziburs ont peur des rataïs quand ils ne les connaissent pas, et ils transfigurent cette peur par de l'agressivité.

« Euh… le Zorbag, il est avec vous ?

— Oui. Je réponds de lui.

— Bien, passez. Mais un conseil : soyez sur vos gardes. »

Laïgo ne dit rien. Durant les six jours qu'il avait passés aux côtés de l'Êtrarù à cornes, il avait pu éprouver sa loyauté et son grand sourire. Il se sentait en sécurité près de Taziey. Il n'appréciait pas qu'on se méfiât de lui, mais il ne pouvait que comprendre : avant cette rencontre, Laïgo avait été le premier à sortir son épée de son fourreau avant d'aller à la rencontre des deux Zorbags, dans la boutique de l'armurier. Mais maintenant, il allait être le premier à défendre son compagnon.

« J'entends votre conseil. Mais premièrement, je ne l'écoute pas. Et deuxièmement, je vous donne un conseil à mon tour : ne vous fiez pas aux apparences. »

Sur ce, Laïgo quitta le soldat perplexe et se remit en selle. Il pénétra dans la cité, suivi des autres qui n'avaient pas assisté à la joute orale. Mais pour Laïgo, elle était d'une importance presque capitale : elle lui avait fait comprendre qu'il avait joué du bon combat pour le Zorbag qui le suivait.

Chapitre 34
Avant de la quitter

« Je suis navré que vous ayez à subir autant de préjugés, maître Zorbag. Ça ne doit pas être facile tous les jours.

— Oh, vous savez, l'Humain, on sait bien nous-mêmes que ce ne sont que des mensonges. Alors à partir de là, ça ne nous atteint quasiment plus… »

Bosco n'était pas tout à fait de cet avis. Il ne savait pas s'il arriverait à supporter tous les jours une telle méfiance à son égard, s'il avait été à la place du colosse à cornes qui se tenait devant lui.

Ce dernier était appliqué à préparer la cuisine. Malgré ses grosses mains, il s'était avoué fin cuisinier et il épluchait ce soir-là des fruits appelés poucoms qui ressemblaient fort à des pommes de terre mais dont la délicate saveur salée et la consistance épaisse et granuleuse détrompaient vite sur les apparences.

Ils n'avaient trouvé aucune auberge qui avait encore de la place. Bosco fût étonné de ce que cela ne lui causa pas un plus grand mal : il allait devoir dormir une nuit de plus à même le sol. Cela ne le gêna pas. « L'habitude, ou le plaisir… ? » Kougorm les avait rejoints et dévorait, quelques mètres plus loin, un splendide lièvre que lui avait offert son maître, en compagnie de Bringad qui broutait à pleines dents. Les Êtrarù avaient dû se contenter d'un coin d'herbe abrité des passants tout défraîchi et sale qui avait nécessité un petit coup de pouce de la part de l'yhlamàn pour arriver à l'éclat qu'il arborait maintenant. Les tentes étaient déjà montées. Elëa aiguisait ses flèches, Rawgel partait inspecter les lieux alentour, et Boldemire et les autres étaient allés acheter de la nourriture au marché, car ils n'allaient pas tarder à en manquer.

L'eau bouillait déjà dans la marmite trimbalée de monture en monture depuis le début du voyage. Taziey versa ses poucoms dans l'eau chaude. Il y ajouta entre autres des herbes inconnues, des carottes et des tomates. Puis il remua consciencieusement son potage en attendant les autres. Il sembla réfléchir, et fouilla dans une de ses besaces de laquelle il tira un long morceau de viande étrange. Il la déchira en plusieurs morceaux et l'ajouta à sa soupe. Aussitôt, d'appétissants effluves vinrent chatouiller les narines de l'Humain.

Au même moment, les autres revinrent du marché, les bras chargés. Ils déposèrent tout dans un coin en attendant de trouver de la place dans leurs bagages.

Bosco dîna en silence. Il appréhendait le lendemain, mais ce soir-là la raison particulière fut qu'il allait quitter tous ses amis pour une lune entière. Ces rires, ces encouragements, ces sourires, ces souvenirs partagés…

Et elle. Elëa. Bosco s'efforçait de ne plus penser à elle, de ralentir son cœur quand ses yeux se posaient sur elle, de sourire normalement… La jeune femme l'avait totalement chamboulé, il ne pouvait plus se le cacher. Le fait de la quitter si longtemps entoura son cœur d'un étau serré. Il soupira longuement puis savoura la délicieuse soupe de Taziey.

Demain, il les quitterait. Eux.

Elle.

Chapitre 35
Un au revoir

Bosco se leva le premier, le cœur partagé entre l'appréhension et l'excitation. Malgré sa peur d'affronter l'inconnu seul, il ne pouvait s'empêcher de ressentir au plus profond de lui-même une impatience incontrôlée. Il la remercia secrètement d'être là, car sans elle il aurait sûrement renoncé.

Il alla s'occuper de Bringad qui avait dormi juste à côté de Kougorm. Bosco décida de surmonter sa peur du rataïs et de ne pas s'éloigner. Derrière son cheval, il contemplait pensivement ses affaires parmi lesquelles se trouvait un bagage qu'il ne devait ouvrir que dans Dyrlimar. Une fois que son cheval fut prêt, le jeune homme lui flatta affectueusement l'encolure. Il était bien content que Bringad l'accompagnât.

Des petits coups vinrent frapper délicatement l'épaule de Bosco. Se retournant, il vit Kougorm qui lui donnait des coups de tête amicaux. Le rataïs disait au revoir. Devant ce spectacle, Bosco vit sa peur s'envoler. Il caressa en retour entre les oreilles de l'animal de jais qui s'ébroua de plaisir.

« Je vous préviens, il ne fait pas ça avec tout le monde. »

Bosco se retourna, à nouveau surpris par ses arrières. Taziey était accoté à un arbre et observait le manège de son rataïs depuis un moment. Bosco lui sourit.

« Ne traînez pas trop, je crois qu'il serait mieux pour vous de rentrer tôt dans Dyrlimar. »

Bosco se demanda bien pourquoi, mais le Zorbag devina sa question et la devança en lui répondant directement :

« Vous n'allez avoir qu'une journée de répit pour poser vos marques. Dès demain, quelle que soit la durée entre votre arrivée et la nuit, votre entraînement débutera. Mieux vaut que cette journée d'arrivée soit longue.

— Ça n'aura pas changé quand j'y serai ?

— Ce sont des lois anciennes et sacrées, je doute qu'elles aient été changées. Vous avez beaucoup à apprendre, mais vous apprenez vite. »

Maintenant que tout était dit, Bosco finit de se préparer complètement. Il était prêt.

***

Il n'y avait personne pour en garder l'entrée. Dyrlimar était ouverte devant le jeune Humain, l'attendant sans cérémonie. Bosco voulut calmer les battements de son cœur qui l'agitaient, en vain. Derrière lui se tenaient ses compagnons, prêts à aller accomplir leur propre mission. Bosco se retourna une dernière fois vers eux. Aucune parole ne fut échangée, mais les propos étaient clairs : ce n'était qu'un au revoir.

Bosco fit avancer Bringad qui s'ébranla légèrement avant de s'élancer entre les arbres. Dyrlimar l'engloutit, et Bosco disparut aux yeux des autres.

Il était aux mains de Dyrlimar.

Chapitre 36
Dyrlimar la Mystérieuse

Bosco ralentit son cheval. Il avait déjà perdu de vue la sortie, mais peu lui importait. Son avenir était devant, et il y irait. Il mit pied à terre. S'il en croyait Taziey, il n'avait qu'une journée de répit pour poser ses marques. Il chercha donc un endroit où se construire un abri stratégique. En fouillant des yeux la forêt, il découvrit un arbre au feuillage épais, dont les premières branches étaient très hautes. S'il parvenait à s'y installer, il serait suffisamment en sécurité, voyant sans être vu, et hors de portée des bêtes sauvages.

Il déballa les affaires de Dyrlimar données par son père. Il avait eu consigne de ne les ouvrir qu'une fois son arrivée dans Dyrlimar. Il y trouva beaucoup de biscuits secs, et une gourde d'eau. C'était tout pour son alimentation. Son regard fut aimanté par une superbe cape couleur rubis terne. Elle était lourde quand il l'eut dans les mains, mais dès qu'elle fut posée sur ses épaules, elle lui sembla légère, comme si son poids s'était envolé, et le froid qui l'entourait ne l'atteignit plus. Il découvrit un petit poignard gainé qu'il enfila sur sa ceinture avec son épée. Il y avait aussi un arc et un carquois rempli de splendides flèches. Le tout était facilement transportable sur le dos. Une grosse couverture et une petite cotte de mailles qu'il enfila mettaient fin à la découverte des fournitures. Il n'y avait ni ficelle ni scie.

Bosco commença par construire un abri. Il dut se contenter, en attendant mieux, de branches déjà tombées qu'il maintint côte à côte, posées sur deux branches parallèles assez hautes. Il trouva non loin une longue herbe souple particulièrement résistante qu'il essaya en vain de briser en y mettant tout son poids.

« Pas de ficelle ? J'ai encore mieux ! Tu as entendu, Bringad ? J'ai encore mieux que de la ficelle ! »

Bosco partit dans un éclat de rire en voyant que son cheval ne l'écoutait que d'une oreille distraite en dévorant un festin d'herbe fraîche et que par conséquent il parlait tout seul.

« Tu sais, si tu ne veux pas que je devienne fou, il va falloir que tu m'écoutes un peu… »

Le cheval releva la tête en mâchonnant tranquillement, la bouche pleine.

« Bon, d'accord. Régale-toi, tu l'as bien mérité. Mais demain, attention, ça commence. Tu sais, ils m'ont dit que les chevaux aussi étaient entraînés, autant dans la coopération avec leur maître que dans la rapidité, l'agilité et tout le tralala. Tu ne vas pas chômer. »

Au bout d'une heure, le refuge du jeune homme commença à prendre forme. Au bout de deux heures, il était à l'abri de toutes intempéries grâce à quelques fougères imperméables savamment disposées. Au bout de trois heures, le camouflage était au point. Une heure encore plus tard, il avait fini, et tout était aménagé dans sa petite cabane. Il avait aussi eu le temps de bricoler un petit endroit de protection, pendant les orages, dissimulé sous la ramure de l'arbre pour Bringad. Le cheval n'était pas totalement à l'abri des bêtes sauvages mais depuis le début du voyage, il avait prouvé ses valeurs et son courage au combat, et Bosco ne s'en inquiéta plus.

La fin de journée fila rapidement, et Bosco se mit en quête de nourriture. Il préférait économiser ses biscuits pour le cas où il n'attraperait vraiment rien. Il encocha une flèche sur la corde de son arc, et s'enfonça entre les arbres.

***

« Allez, viens par là… »

Le jeune homme était tapi derrière un arbre, guettant un chevreuil qui était encore hors de portée. L'animal, insouciant du sort qui l'attendait, s'approcha tranquillement vers Bosco, qui était prêt à tirer.

« Encore un peu… »

La flèche partit brusquement. Mais l'animal perçut le bruit de la corde et avant qu'il fût touché, il détala gracieusement.

« C'était quoi se tir pourri ? » maugréa Bosco. Il alla ramasser sa flèche qui n'était pas partie bien loin du fait de son manque d'expérience.

« Bon, biscuits secs pour ce soir… »

***

Après son repas frugal, le jeune homme alla se coucher de bonne heure. Il s'endormit en même temps que les derniers rayons du soleil. Éreinté, il s'endormit rapidement, avant de commencer un long entraînement…

Chapitre 37
Premier entraînement

Bosco fut réveillé en sursaut par des hennissements affolés de Bringad.

« Bringad, on est où ? »

Oubliant qu'il n'était pas dans un espace à même le sol, Bosco se releva subitement… Trop subitement, car il roula sur le côté, dégringola dans le vide et atterrit durement sur le sol.

« Mais que… »

La mémoire lui revint subitement quand une longue épée se posa sur sa gorge. Le Zorbag qui la tenait n'avait rien de l'étincelle amicale qui animait Taziey.

« Tu bouges, tu meurs. »

C'était clair. Bosco s'était laissé attraper par un piège si stupide que, s'il en avait eu le temps, il aurait rougi de honte. Mais où donc était son épée à lui ? Sur la ceinture… ceinture qui restait sagement là-haut et que par conséquent, il ne pouvait prendre. Et le poignard qui était avec… Et l'arc… La prochaine fois, Bosco les garderait avec lui pendant son sommeil.

« Enfin, s'il y a une prochaine fois ! » remarqua l'Humain.

Le Zorbag ne bougeait pas ni ne quittait des yeux son prisonnier.

« Euh, je fais quoi là ? réfléchit Bosco en son for intérieur. Il n'a pas l'air de vouloir lancer la discussion… Non mais tu rigoles ? Tu te vois papoter avec lui ? "Beau temps, pas vrai ? Et comment va la famille ?" Tu rêves, mon vieux ! »

Et à propos de beau temps, un sombre nuage recouvrit Dyrlimar et la pluie se mit à tomber, lancinante. Le Zorbag ne bougeait toujours pas, et pourtant il ne semblait rien attendre.

« Bon, on va pas rester là toute la vie, quand même… pensa Bosco. Mais que veut-il ? La bourse ou la vie ? Je n'ai pas la première chose… »

Bosco vit une branche assez basse à côté de lui.

« Et il n'aura pas l'autre ! » hurla-t-il tout haut. Il fit une roulade sur le côté. L'adversaire, qui était resté longtemps dans sa position, sortit de sa torpeur en sursautant, mais trop tard. Bosco se releva le plus rapidement possible et sauta de toutes ses forces. S'agrippant à la branche, Bosco envoya ses pieds dans le ventre du colosse qui revenait à la charge puis il attendit là, pendant lamentablement.

« Qu'est-ce qui se passe ? »

Le Zorbag le regardait avec un sourire mauvais sans bouger, l'épée en mains, quelques mètres plus loin.

« Il attend quoi, que je tombe ? Mais… mais oui ! Je tooombe ! »

Au moment où il allait s'écraser par terre et être à la merci du Zorbag, Bringad se précipita sous son maître et l'emporta au loin.

Le Zorbag hurla de rage. Bosco murmura à l'oreille de son cheval :

« Merci mon vieux. Tu m'as sauvé la vie et ce n'est pas la première fois ! »

Malgré le sol trempé, Bringad réussit à ne pas déraper. Hélas, le Zorbag n'en avait pas fini avec eux. Une minute plus tard, il apparut dans le ciel.

« Il a un rataïs ! Euh… Bringad, je ne veux pas t'affoler, mais un rataïs, ça va très vite et très loin… Je compte sur toi ! »

Mais Bringad eut beau faire, maintenant qu'ils étaient repérés, ils ne les semèrent plus. Au bout d'un moment, le rataïs fondit sur eux.

Au dernier instant, enfin, la magie opéra. Une immense lance lumineuse sortie de nulle part plongea sur les attaquants, et les transperça tous deux. Ils retombèrent dans un râle et ne reparurent plus.

Bosco était soulagé. Il mit une main sur son ventre. Quelque chose le titillait de l'intérieur. Bosco n'avait pas de doutes : la lance avait été lancée par lui à son insu. L'entraînement portait déjà ses fruits.

« On retourne au camp. »

***

Chapitre 38
Retour au pays

« Ça n'a pas changé ! »

Falimos était ravi. Contrairement aux villes alzibures, il se promenait ici sans se faire remarquer, puisque tous les autres passants étaient des Vurcolisses comme lui. La capitale du royaume des Vurcolisses, Ebal Dor, valait la peine d'être vue. La plupart des habitations étaient installées dans le grand fossé creuse dans les montagnes. Et au centre, majestueux, le château d'Ad Dùbarm, le roi des Vurcolisses. La banlieue de la capitale se trouvait de l'autre côté de la falaise, accrochée au flanc de la montagne, taillée à même la roche. Ici aussi, il fallait jeter un coup d'œil pour la vue imprenable qui donnait sur le reste du royaume et sur la forêt de Vatulie. On raconte même que certains jours de très beau temps, on peut apercevoir la lisière de Pulchirac, bande fine jaunie par le temps.

« Tu peux me croire, tout est ex-ac-te-ment pareil que quand je suis parti. C'est fou ! Tu sens ce délicat fumet ? C'est l'une des boulangeries les plus réputées des montagnes d'Oblad. »

Le compagnon de voyage de Falimos, par contre, attirait toute l'attention sur lui. Cartiofs était ici plus repérable dans un village de Vurcolisses qu'un Vurcolisse dans un village de Zorbag. Il n'écoutait que d'une oreille distraite le flot de paroles que lui déversait son nouvel ami.

« Et la tarte aussi n'est pas mal. Mais regarde donc ce…

— Falimos.

— Oui ?

— N'oublie pas notre mission. Elle doit tout de même rester secrète, et même si j'étais un Vurcolisse, je pense que ton naturel bavard aurait tout autant attiré l'attention. »

Falimos rougit quelque peu. Mais il ne put s'empêcher d'aller voir de plus près un marchand qui vendait de curieuses bestioles.

« Cartiofs ! Je suis vraiment désolé, mais il faut vraiment que tu voies ça ! Un élevage de trolysafs !

— Euh… J'ai un trou de mémoire… C'est quoi déjà un trolysaf ? demanda Cartiofs.

— C'est la monture des Vurcolisses. Vous avez des rataïs, les Humains et les Alziburs ont des chevaux, nous avons des trolysafs.

— Mais… ce sont des lézards ! Des lézards géants !

— C'est vrai qu'il y a une lointaine ressemblance… sourit le Vurcolisse.

— Lointaine ? Tu parles ! Si tu ne m'avais pas dit que c'étaient des trolysafs, je n'aurais pas vu la différence !

— Les lézards voient devant, les trolysafs sur les côtés. Les lézards ne vivent que dans les déserts, les trolysafs sont les bêtes qui s'adaptent le mieux à toutes conditions, même les plus difficiles. Les lézards sont paresseux, les trolysafs sont très résistants. Les lézards sont lents sur de longues distances, les trolysafs sont rapides sur de courts trajets. Les lézards sont stupides, les trolysafs ont un minimum d'intelligence. Donc oui, la ressemblance est lointaine ! »

Satisfait de son petit discours et du silence de son interlocuteur, Falimos s'éloigna d'un petit pas tranquille. Cartiofs se gratta la tête en regardant un trolysaf de près. Le regard de l'animal partait dans tous les sens et était dénué de vivacité.

« Un minimum d'intelligence, ça ? »

Cartiofs rattrapa son compagnon en riant sous cape.

***

Chapitre 39
Feu de forêt

Bringad s'arrêta, essoufflé. Bosco le félicita :

« Ta course a été superbe ! Si ce n'avait pas été un rataïs, on les aurait semés… Mais au moins, ça m'a permis de lancer un hamàn ! Et alors, mais il était beau, hein ? Non mais tu as vu la taille de la lance ? Tu ne te rends pas compte, mais en fait, ça commence ! Youhou ! »

Bringad n'en écouta pas d'avantage et dès qu'il fut libre, il alla caracoler un peu plus loin.

Bosco s'éloigna pour tenter à nouveau de chasser. Il vit un nouveau chevreuil, plus gros que la dernière fois. S'il parvenait à l'avoir, ce serait un véritable festin. Mais la flèche passa à côté, et ce fut à nouveau un piètre succès.

Dépité, il alla s'allonger un peu dans son bel abri qui avait résisté à l'assaut et à la pluie. Ce fut donc dans une couverture sèche que Bosco s'enroula avec délice.

« À part la chasse, il ne manque plus qu'un petit feu, et hop, tout est parfait ! »

Au bout de quelques minutes, Bosco entendit plus loin un crépitement inquiétant. Craignant le pire, il sortit la tête au-dehors. La pluie s'était tue, et la forêt en face de lui brûlait vivement.

« Oh mais non… J'avais dit un *petit* feu ! »

Bosco siffla Bringad, qui, reposé, était tout disposé à affronter une nouvelle épreuve. Le cheval se positionna sous l'arbre comme la dernière fois. Bosco sauta sur le dos de l'animal avec maladresse, et il s'en fut de peu qu'il ne tombât, les quatre fers en l'air. Bosco vérifia si son épée et son poignard étaient bien attachés, et, sur un ordre du jeune homme, Bringad s'élança à toute allure vers les flammes.

Tout de suite, il fit une chaleur insoutenable. Bringad ralentit l'allure. Les flammes progressaient dangereusement vers leur abri. Bosco aurait pu faire demi-tour et « déménager » son chez-soi autre part, mais il se trouva immédiatement encerclé. C'était indéniablement une épreuve. Bosco, le front en sueur, se souvint des paroles de Taziey :

« Il vous faudra beaucoup d'adresse et de courage, car certains y laissèrent leur vie. »

La magie n'opérait pas et s'ils restaient là, ils allaient finir grillés. Bosco vit que le cercle qui les entourait n'était pas entièrement fermé. Lui ne pouvait se faufiler, mais Bringad, en sautant sans cavalier, pourrait se sauver. Avec des gestes tremblants, Bosco lui retira sa selle pour l'alléger davantage.

« Va-t'en, sauve-toi et attends-moi. Je vais revenir… normalement. Et si je ne reviens pas, va faire ta vie avec quelqu'un d'autre. »

Bringad secoua sa crinière. Il n'était vivement pas d'accord. Mais Bosco insista d'une voix douce. L'animal regarda les flammes, puis la liberté qui s'offrait à lui, et se sauva en hennissant.

Bosco se retourna vers son problème. S'il avait été certain qu'il n'y avait aucune porte de sortie, il serait déjà mort. Mais le jeune homme ne pouvait admettre que c'était la fin, seul, loin de tout… Levant les yeux, il vit un arbre dont seul le tronc brûlait, et qui n'était pas encore tombé. Faisant de son mieux, Bosco sauta sur la première branche et ses jambes se balancèrent dans le vide.

« Ne lâche pas maintenant ! » se dit-il, au comble de l'effort.

Le feu léchait l'écorce et embrasa la chaussure de Bosco qui parvint à l'éteindre en agitant énergiquement sa jambe. Mais il fallait faire vite s'il ne voulait pas que flambe le reste. À la force de ses bras, il se hissa sur la branche et se mit à grimper le plus haut possible. Quelques mètres plus loin devant lui, il vit un autre arbre que l'incendie n'avait pas encore atteint. Mais l'arbre sur lequel il était commença à craquer de plus en plus. Bosco fit de son mieux pour le faire pencher vers l'autre arbre, unique planche de salut. Mais refusant de lui obéir, l'écorce céda net et l'arbre, entraînant Bosco avec lui, se précipita dans les flammes.

Chapitre 40
Souvenirs éloignés

Elëa se retourna sur sa selle pour regarder derrière elle. Turlimor avait disparu depuis huit jours, déjà. Ils longeaient la côte de Pulchirac sans le traverser. Une fois leur avait suffi. Puis ils allaient continuer tout droit vers Edasca, avant d'aller à Jyntaïmor, où ils retrouveraient Walsckhum. Enfin, ils iraient à Ayfassac, point de rendez-vous avec Taziey, Falimos et Bosco.

Elëa tourna la tête pour regarder a nouveau devant elle. À sa droite, le désert. Tant de terribles souvenirs s'étaient passés là-bas ! Terribles, et doux à la fois. Elle se souvint de la première nuit de garde qu'elle avait eu avec Bosco. Elle se souvint de la fois où il lui avait sauvé la vie. Il était loin, maintenant, Bosco. Il était loin, maintenant, le temps des rêves. Et les deux lui manquaient.

« Elëa ? »

La jeune Alzibure sursauta et se tourna vers celle qui l'avait appelée.

« Oui, Gayma ? »

L'interpellée rapprocha sa monture de celle de son amie de sorte que les deux chevaux chevauchent presque flanc contre flanc.

« Elëa, Boldemire m'a l'air bizarre. Plus on s'approche de la forêt d'Envaya, plus il semble nerveux. »

Elëa jeta un coup d'œil par-dessus son épaule. Effectivement, l'Alzibur aux cheveux châtains était agité, mais cela se voyait à peine. Si Elëa ne l'avait pas cherché, elle ne l'aurait pas vu.

« Bon, ça fait quoi ? S'il ne veut pas venir, il ne viendra pas ! On ne peut pas s'attarder… »

Mais Gayma ajouta pour elle-même, devant l'insouciance de son amie :

« Moi, j'aimerais bien savoir ce qui le tracasse… »

***

Au loin, une ombre obscurcit le ciel. Ijylda et Puzdag revenaient, Taziey avec eux. Avec son rataïs, il avait été nommé éclaireur avec les Karim, et voilà plus d'un jour qu'ils étaient partis.

« Alors, des nouvelles ? s'enquit Rawgel.

— Aucune, mais cela ne garantit rien. À vol de rataïs, Envaya est dans un jour. Nous y sommes allés mais les arbres nous empêchèrent de voir au-dessous de leurs cimes. Nous ne nous sommes pas aventurés par-là, nous le ferons au dernier moment.

— Si tout va bien, nous entrons dans la forêt dans huit jours, et nous sommes à Edasca dans une lune au plus tard, calcula l'Alzibur. Nous serons un peu en retard au rendez-vous…

— Et ?

— Et c'est très, très mauvais… »

Chapitre 41
Yhlamàn à l'action

« Mais c'est pas vrai, ça ne part pas, ce truc ! Ça fait cinq jours que je me tue à la tâche, et rien, pas même un petit endroit propre ! »

Bosco frottait énergiquement sa cape devenue noire de suie depuis.

« Bringad ! »

Le cheval accourut docilement.

« Tu aurais une idée de la manière dont faire partir cette tache ? Avec de l'eau ? Ça m'arrangerait bien. Non… Ça ne marche pas ! »

Comme pour contredire ces paroles, la gourde ouverte déversa de son contenu sur la cape. À l'endroit même où l'eau était tombée, on apercevait la véritable couleur du vêtement.

« Mais… mais Bringad ! Regarde ! L'eau, ça marche ! C'est pas merveilleux ! »

Et il partit d'un grand éclat de rire. Il se souvint de la manière dont il s'était sorti de l'incendie, cinq jours plus tôt.

***

Au moment où l'arbre en feu tombait dans les flammes, un jet d'eau d'une puissance phénoménale propulsa Bosco vers l'autre arbre qu'il avait déjà repéré. Le jeune homme s'agrippa de toutes ses forces au tronc, comprenant que la magie avait opéré à nouveau. Mais l'incendie progressait toujours vers lui. Il fallait l'éteindre, et une bonne fois pour toutes.

« De l'eau, il me faut de l'eau ! »

Se souvenant de ce qui venait de se passer, Bosco essaya de tenter le tout pour le tout et d'invoquer lui-même un hamàn. Il fit un effort pour se remémorer de ce qui s'était passé au plus profond de lui-même. S'il ne s'en souvenait pas parfaitement, tout du moins il avait une petite idée. Il essaya une fois, une deuxième, mais rien. La chaleur des flammes approchantes rendit l'effort plus intense. Mais au bout de la troisième fois, un nouveau jet d'eau vint frapper le brasier de plein fouet. Dans un grand bruit de fumée, une flamme fut anéantie. Cette fois-ci, Bosco avait nettement ressenti la sensation qui l'avait agité. Il envoya un second jet, puis un autre, et encore un à nouveau. Quand l'incendie fut complètement éteint, le jeune apprenti avait totalement retenu comment lancer un jet d'eau. Fier de ses progrès qui avaient grandi facilement, il rentra au campement, s'aspergeant de temps en temps pour se rafraîchir et pour goûter la qualité nouvelle de son savoir-faire. Il retrouva Bringad et l'entraînement reprit son cours.

***

Bosco contempla sa cape désormais toute propre et trempée d'un air satisfait. Il alla l'étendre sur une branche en hauteur, puis s'occupa à nouveau de sa plaie toute fraîche.

« Fichue Merouetz ! Tu te souviens, Bringad, de ce coup d'épée qu'elle m'a administré ? Si tu n'étais pas venu me chercher, je serais foutu ! »

En grimaçant, Bosco défit son bandage de fortune et se fit une nouvelle pommade à base de cette feuille bienfaisante qu'il avait trouvée tantôt et dont il ignorait le nom.

Les derniers jours avaient été très fatigants. Mais Bosco le savait : ce n'était que le début.

Chapitre 42
Déception

« Falimos ! Quelle joie de te revoir ! »

Ad Dùbarm se leva et descendit rejoindre Falimos et le Zorbag qui attendaient, un genou à terre dans l'immense salle du trône du château royal.

« Maître Zorbag, quoi que vous en pensiez, c'est un honneur pour moi de vous recevoir, lança Ad Dùbarm à Cartiofs. Je vous demande pardon au nom de mon peuple pour toutes les mauvaises intentions que certains ont à votre égard. J'attache un profond respect pour le peuple du ciel. Malheureusement, ce n'est pas le cas de tout le monde et j'en suis navré.

— Merci, Majesté. Votre amitié pour mon peuple nous est précieuse, et sachez que si vous avez de l'égard pour nous, notre roi en a de même pour vous, répondit Cartiofs.

— Quant à vous Falimos, je vous souhaite que votre mission avance bien.

— Nous faisons tout pour que ce soit le cas. Nous sommes ici pour emmener l'un des membres de la Cinq Espéry, Danôlk, que vous connaissez bien.

— Lui aussi... Il va donc tenter sa chance ? J'avais fait de mon côté tout mon possible, mais être héritier du trône royal n'est pas compatible avec le fait d'être un membre de la Cinq Espéry. Danôlk, mon cher neveu... »

Les oreilles de Cartiofs bourdonnèrent. Falimos lui avait caché cela. Danôlk, le neveu du roi ? Dans ce cas, le souverain des Vurcolisses pouvait refuser à sa guise de voir partir son neveu avec eux. Mais Ad Dùbarm continua :

« Falimos, vous savez que la guerre gronde, et vous savez sans doute aussi que vous êtes un excellent guerrier. Faites en sorte que je ne me prive pas de vous en vain.

— J'y veillerai, mon roi.

— Bien. »

Falimos ferma les yeux. Le moment crucial se jouait maintenant. Si l'Ennemi devait être anéanti, c'était pour bientôt. Ils avaient besoin de Danôlk. Mais hélas, Ad Dùbarm leur dit que l'entrevue était terminée, sans leur envoyer son neveu. Il n'y avait plus d'espoir.

***

Un valet qui se trouvait non loin du trône releva la tête en fourrageant sa barbe noire.

« Oui, mon roi ? Vous m'avez appelé ?

— Oui, Hulom. Va me chercher Danôlk et dis-lui que son heure est arrivée. Il va suivre le Zorbag et le Vurcolisse Falimos qui sont sortis de cette salle il y a un instant. Qu'on ne les perde pas de vue. »

Le valet courut accomplir sa tâche.

Ad Dùbarm s'assit sur son trône en se murmurant tout bas :

« Pourvu que je ne le regrette pas... »

Chapitre 43
Embuscade

Laïgo était en tête, sur ses gardes. Lui et ses compagnons allaient pénétrer dans Envaya. Taziey n'était plus reparti après son rapport près de Pulchirac, il y a cinq jours. Dans une ou deux heures, ils allaient être en vue de la Signorelle, long fleuve traversant d'est en ouest le continent des Alziburs. Quand ils y parvinrent, ils cherchèrent un pont, le fleuve étant trop profond pour traverser à gué.

« Elëa !

— Oui, Laïgo ?

— Tu habitais à Envaya, avant. Saurais-tu situer un pont en pierre pour passer le fleuve ? »

Elëa mit pied à terre et suivit le long du fleuve. Au bout d'une heure, elle appela les autres.

« Je l'ai trouvé ! Enfin… ce qu'il en reste ! »

Effectivement, on ne voyait que les ruines d'un pont qui semblait avoir été détruit récemment.

« Bon, eh bien je suppose que ce n'est pas par là qu'on va passer… mais qui est-ce qui s'amuserait à détruire des ponts ? »

Elle eut sa réponse au moment où un groupe de Zorbags surgit des arbres.

Ils dégainèrent à la vitesse de l'éclair, mais, pris au dépourvu et inférieurs en nombre, ils ne résistèrent pas bien longtemps. Ils furent attachés, leurs armes leur furent retirées. Hélas, les attaquants étaient munis de fils de carissam, matière incassable, et qui pouvait retenir même l'immatériel, donc entre autres les Karim et l'yhlamàn. Ijylda et Puzdag ne furent pas épargnés.

Ils continuèrent leur périple vers le Nord, non pas vers Edasca, mais vers le Conralbor. Ils allaient peut-être être présentés à l'Ennemi.

Ils étaient perdus.

Chapitre 44
Bêtes cachées

Bosco revint triomphant au campement qu'il avait établi. Il était chargé du poids d'un chevreuil dont la poitrine était transpercée par la flèche qui, auparavant, avait tant manqué la proie, mais aujourd'hui était victorieuse.

« Bringad ? Regarde ! Tu aurais vu ça, paf ! Dans le mille... »

Le jeune homme claqua des doigts et un feu se mit à crépiter. Depuis quelques jours, Bosco avait appris de nouveaux tours de passe-passe. Il posa sa proie par terre et se mit à la dépecer.

« Tu sais quoi, mon vieux ? L'entraînement de Dyrlimar dure environ une lune, c'est-à-dire un mois si j'ai bien compris. Et ça fait pile quinze jours qu'on est arrivés ! Dans quinze jours, on s'en va ! »

Bringad secoua sa crinière avec un enthousiasme visible.

Bosco de son côté, se régalait d'avance du festin qu'il allait avoir. Voilà quinze jours qu'il ne mangeait que des biscuits secs et de la viande déshydratée, il commençait à en avoir largement assez. Il se découpa un large morceau de chevreuil qu'il posa sur le feu. La viande se mit à cuire rapidement.

Soudain, quand elle fut prête, la viande fut happée par un trait rosé qui vint et s'en alla à la vitesse de l'éclair. L'instant d'après, le morceau de viande avait disparu. Bosco n'eut pas le temps de voir ce que c'était. Mais il était si furieux qu'on lui ait volé son repas qu'il avait si bien mérité, qu'il se leva d'un bond, empoigna son épée et se lança à la poursuite du voleur.

« Viens, Bringad ! On va en découdre avec ce piqueur de nourriture ! Non mais qu'est-ce qu'il a cru, celui-là ! »

Bosco sauta en croupe. Bringad se lança dans un galop effréné. Déjà, Bosco pouvait voir son voleur qui courait, certes, mais lentement. Quand la chose vit qu'elle était rattrapée, elle projeta à nouveau son arme rose, dont ils ignoraient la nature, dans les pattes de Bringad. Le cheval eut beau faire, mais ainsi ficelé, il trébucha et projeta son cavalier plusieurs mètres plus loin. Bosco se relava vite et coupa les liens qui retenaient le malheureux cheval. C'était gluant, baveux…

« Oh non ! C'est une langue hyper longue ! Bon Bringad, tu restes là, j'ai des comptes à régler avec ce machin-chose. »

Mais le cheval se releva et suivit son maître. Il en avait à régler aussi. Ils s'élancèrent tous les deux à la poursuite de leur adversaire.

***

Ils le rattrapèrent vite. L'herbe par-là était haute, le fuyard était repérable à la trace, précédant un sillon de plantes aplaties.

Quand ils l'atteignirent enfin, Bosco fut frappé par la laideur de l'animal. C'était une espèce de lézard. Il avait des yeux sur les côtés, il était vert parsemé de taches jaunes et bleues, il avait l'air stupide, mais résistant. Et surtout, sa langue qui s'agitait en tous sens devant lui claquait comme un fouet. Si Bosco avait écouté Falimos, il aurait su que ce qui se tenait devant lui était un trolysaf, mais celui-ci était sauvage. Cette bête était restée cachée depuis on ne savait combien de temps. D'un claquement de langue, le trolysaf entama un étrange discours dans son propre dialecte. Aussitôt, trois autres trolysafs accoururent.

« Mon vieux Bringad, on a presque excellé dans le combat singulier. Maintenant, c'est parti pour un combat deux contre quatre ! »

Bosco s'avança vers ses adversaires en hurlant. Il se précipita tout d'abord sur le premier, le voleur, l'épée au clair. Il lui enfonça par trois fois son arme dans le cou. La bête siffla de rage et frappa Bosco de sa langue avant de s'effondrer pour une dernière fois.

« Ouh, mais ça fait mal, ce truc ! »

Il n'eut pas le temps de se plaindre d'avantage, les autres, voyant leur compagnon mort, s'avancèrent doucement vers Bosco. Bringad se précipita sur l'un deux.

« Merci, Bringad, je te le laisse, je m'occupe des deux autres ! »

C'était malheureusement beaucoup plus facile à dire qu'à faire. Ayant vu que l'épée avait donné la mort à leurs congénères, les trolysafs mirent une conviction particulièrement concentrée à éviter la lame sifflante.

« Bon, qu'est-ce que j'ai dans mes stocks de hamàn ? »

Il réfléchit quelques secondes parant l'assaut de l'un d'entre les deux trolysafs qui lui envoya sa langue dans les jambes. Il la trancha net. L'animal gémit. Bosco se concentra avant qu'un nouvel assaut ne puisse se produire. L'une des deux bêtes se reçut un jet d'eau en pleine figure. Mais la puissance de l'attaque ne sembla servir qu'à l'échauffer davantage. Puis Bosco alluma un feu d'un claquement de doigts. Les trolysafs hésitèrent, puis reculèrent, hélas qu'un peu, mais bien assez près pour attaquer.

Rien ne ferait changer d'avis ces bêtes cachées : elles ne lâcheraient rien.

***

« Montre-toi ! »

L'adversaire restait caché.

« Je n'ai pas peur de toi ! MONTRE-TOI ! »

Toujours rien.

« Ta carrière de meurtrier s'arrête ici, monstre ! Meurs en te battant ! Je sais que tu es ici, je sais que tu m'entends… Je n'ai que trop attendu. MONTRE-TOI ! »

Dêlikiar murmura des paroles mystérieuses, et une faible lueur perça l'obscurité qui l'entourait. La bête qu'il traquait depuis plusieurs jours allait enfin se mesurer à lui.

« Tu ne serviras plus à l'Ennemi, borivac ! »

Le borivac daigna enfin se montrer. Même de loin, Dêlikiar pouvait se rendre compte de sa laideur et de sa taille. Le claquement de ses mandibules résonna quelques secondes dans la pièce en ruines. La bête cachée se montrait maintenant dans toute sa splendeur. Mesurant quatre mètres de haut, elle était composée de débris d'arbres morts, d'herbe sèche et de tout ce que la vie avait abandonné. Si on voulait éviter les cauchemars, mieux valait ne pas chercher à en savoir davantage. La bête avait exactement la même forme qu'une araignée. Ses huit pattes frappèrent le sol à toute allure tandis que le borivac se jetait sur le magicien.

C'était un combat à mort qui allait se donner entre cet homme et cette bête de l'Ombre.

***

156

Chapitre 45
Jubilation

« Cartiofs, allez ! Ça devient ennuyant à la fin ! J'ai accepté de te les laisser, alors finis-en avec elles ! »

Le Zorbag ainsi fortement interpellé se débattait avec cinq Merouetz. Pour l'instant, les adversaires se tournaient autour en se détaillant de haut en bas.

« Cartiofs ? Quand tu te décideras enfin à les attaquer, fais en sorte que ce soit spectaculaire ! Cela fait longtemps que je n'ai pas vu autant de Merouetz à la fois... Bon ben allez, quoi ! »

Cartiofs, énervé gentiment par son compagnon, se jeta sur l'une de ses adversaires. Elle évita l'assaut en rapetissant sa taille mais aussitôt après, Cartiofs abattit un éclair sur le sol. Deux d'entre les cinq Merouetz succombèrent. Heureusement qu'elles ne maîtrisaient pas la magie...

« Joli coup, mon vieux, mais franchement, je suis un peu déçu. »

Apparemment, les Merouetz aussi étaient déçues. Elles décidèrent de sortir le grand jeu. Une Merouetz se changea en chauve-souris tandis que l'autre se transforma en Zorbag. Entre la première qui le mordait et la deuxième qui faisait maintenant sa taille, Cartiofs dut redoubler d'attention et d'agilité. La troisième vint au secours de la Merouetz-Zorbag en devenant une massue hérissée de piques. Cette nouvelle arme fut lancée vers Cartiofs qui l'évita d'un bond sur le côté. Voyant qu'il allait répliquer fortement, les trois Merouetz décidèrent de se muer en créatures de taille si petite qu'on ne les apercevait plus. Cartiofs lança une pluie fine qui mouilla complètement ses adversaires où qu'elles fussent, puis un torrent de sable se posa sur la clairière. Cartiofs se protégea de sa propre attaque en se créant un bouclier qui l'entourait complètement. Falimos eut la bonne idée de faire de même. Le sable colla sur toutes les surfaces mouillées, notamment sur les Merouetz qui réapparurent en toussant. Par chance, elles n'avaient pas pu maintenir leur taille, mais même si ça avait été le cas, Cartiofs les aurait repérées grâce au sable. Il créa une lance en pierre avant qu'elles aient pu recouvrer leurs esprits. Transpercées, elles s'effondrèrent et disparurent dans un nuage de fumée comme il était de coutume avec les Merouetz.

« Bon, dis-moi, mon vieux, pas mal, pas mal. Mais la prochaine fois, c'est moi qui entrerai en jeu ! Et s'il y a une prochaine fois pour toi, tâche de faire bien mieux.

— Falimos… répliqua Cartiofs qui jusque-là s'était tu.

— Tiens, il parle en plus ! »

Cartiofs ne releva pas la pique et fit part de soupçons :

« Figure-toi, cher Vurcolisse, que cinq Merouetz d'un coup, c'est beaucoup trop. Ces bêtes cachées se réveillent…

— Tu n'avais pas remarqué ? Mais oui, j'aurais dû m'en douter, lent de cerveau comme tu es…

— Falimos, je te conseille vivement de te taire si tu ne veux pas être le prochain sur la liste… »

S'engagea alors une joyeuse bagarre entre les deux amis. Elle fut interrompue par un bruit de broussailles à leur droite. Un trolysaf monté par un Vurcolisse inconnu débarqua devant les deux compagnons.

« Je suis Danôlk. Je viens vous suivre. »

Se tournant vers Falimos :

« Voici pour vous un présent de la part d'Ad Dùbarm. »

Un autre trolysaf surgit de derrière les arbres. Il n'était pas monté.

« Allons-y. »

Et ce fut tout. Danôlk se mit en route, laissant à peine les deux autres le temps de comprendre ce qui se passait. Cartiofs siffla, et son rataïs atterrit dans a clairière. Il fallut calmer un peu le trolysaf, et Cartiofs et Falimos montèrent chacun sur leurs montures respectives : ils avaient accompli leur mission.

Chapitre 46
Progrès en l'air

« Tiens, prends-toi ça ! »

Le deuxième trolysaf vola quelques mètres plus loin. Ce fut la première fois de sa vie qu'il quittait le sol, et ce fut la dernière.

Bringad, encouragé, par cette victoire, redoubla d'ardeur contre son adversaire. Il envoya ne belle ruade entre les côtes de l'animal, puis une deuxième. Furieux, le trolysaf se releva péniblement. Un lézard géant vint s'écraser sur lui, le mettant à nouveau à terre : Bosco en avait fini. Il avait achevé son dernier trolysaf. Bringad, face à son ennemi, était prêt à en finir lui aussi. Mais le trolysaf, brusquement, fit un bond d'une hauteur prodigieuse. Il allait retomber sur le cheval. Bringad n'allait pas s'en sortir.

« Non ! »

Bosco, sans savoir comment, s'éleva dans les airs sans effort. Ne se contrôlant plus lui-même, il se dirigea sous la chute du trolysaf qui retombait déjà, l'épée en l'air. Sous le poids de la bête, Bosco tomba lui aussi, mais Bringad eut la bonne idée de se positionner comme il avait maintenant l'habitude de le faire : sous les jambes de Bosco. Le jeune homme atterrit sans mal mais le trolysaf n'eut pas cette chance, transpercé en plein saut par l'épée levée et déjà sanglante de Bosco.

« Eh bien, mon vieux Bringad, on s'est sauvé tous les deux la vie. C'est bien, ça ! »

Bosco se débarrassa de la carcasse du trolysaf et mit pied à terre.

« Cette fois-ci, personne ne m'empêchera de déguster mon chevreuil ! Pas vrai ? »

***

« Ce que je ne comprends pas, avoua Bosco en dégustant une belle tranche de chevreuil fumée, c'est comment j'ai réussi à m'envoler tout à l'heure, sans aucun effort. Normalement, je ressens quelque chose quand je fais des hamàn, même quand je n'arrive pas à les reproduire après. Mais la facilité avec laquelle je me suis déplacée… il y a là un mystère que je n'arrive pas à percer. »

Une idée lui traversa l'esprit.

« Bringad, tu penses que ça pourrait marcher si je réessayais ? »

Sans attendre de réponse, il se mit sur ses pieds et calma sa respiration. Au moment où il voulut s'envoler, il décolla légèrement. Il essaya de se déplacer, tout à sa joie d'avoir réussi. Il posa un pied à terre, puis s'envola à nouveau.

« Non mais c'est dingue ! Tu as vu ? Aucun effort, aucun entraînement, et c'est plus simple que "Bonjour" ! C'est incroyable ! »

En riant, Bosco s'éleva dans les airs, et rien ne vint perturber sa joie cet après-midi-là.

Chapitre 47
Sévhol

« Pas bavard, le bonhomme ! »

Depuis les trois jours qu'ils chevauchaient côte à côte, Danôlk n'avait pas ouvert la bouche, sauf pour le strict nécessaire. Il n'était pas sociable.

Falimos continua à l'oreille de Cartiofs :

« Mais alors, pas du tout ! Qu'est-ce qu'il nous a dit depuis le début du voyage ?

— Il nous a dit : attention, quand on a été attaqués à nouveau par des Merouetz, et je crois que c'est tout, énuméra Cartiofs.

— Les gens comme lui ne sont pas vivables…

— Les gens comme toi non plus ! »

Une interpellation retentit au-dessus de leurs têtes :

« Plus un geste ou je lâche ma flèche ! »

Rapide comme l'éclair, Falimos avait déjà riposté, guidé par la provenance de la voix. Sa flèche passa juste à côté de l'inconnu, qui n'eut d'autre choix que de sauter à terre. C'était un Alzibur. Il tira vers Falimos, lui entaillant le bras.

« Non mais c'est pas vrai ! Ça fait mal ! »

Une deuxième flèche partit. Cette fois-ci, elle passa entre Cartiofs et Falimos, touchant un Zorbag derrière eux qu'ils n'avaient pas remarqué. Frappé en plein cœur, l'Êtrarù

162

s'écroula. Cartiofs se tourna vers l'Alzibur, fou d'indignation et de colère.

« Vous avez tué l'un des miens alors qu'il ne vous avait rien fait ! Mon peuple n'est pas mauvais au point que tous ses membres doivent être à décimer ! Que nous voulez-vous ? »

L'inconnu répliqua avec fermeté.

« Je suis navré, mais vous n'avez sans doute pas compris ce qui vient de se passer. »

Il se dirigea vers le Zorbag qu'il avait tué, se baissa et ramassa une flèche qui ne lui appartenait pas.

« Voyez, la pointe de cette arme est empoisonnée. Elle appartient à feu ce Zorbag. Elle était dirigée vers le nommé Danôlk, que je connais de nom, de visage et de renommée. Si je n'avais rien fait, il ne serait plus de ce monde. Je m'adressais à ce tueur et je pensais pouvoir tirer de là où j'étais, mais vous, maître Vurcolisse, dit-il en se tournant vers Falimos, vous m'avez déséquilibré d'une adresse remarquable, je dois bien l'avouer. Navré pour votre bras. Prenez cet onguent. Dans quelques heures, il n'y paraîtra plus. »

Danôlk remercia le nouveau venu :

« Maître Alzibur, je vous dois la vie. »

Cartiofs, calmé, lui demanda tout de même qui il était.

« Mon nom est Sévhol. Je reviens d'une mission en ces terres, je passais là par hasard. Je suis un protecteur de la Cinq Espéry. J'ai veillé sur l'Humain Bosco pendant son arrivée en ces terres. Me prendriez-vous en compagnon de voyage ? Je vous quitterai vers Pulchirac où d'autres affaires m'attendent. »

Il n'y eut aucune hésitation. Sévhol viendrait avec eux pour ce bout de chemin.

Chapitre 48
Captifs et désespoir

« Jamais je n'aurais espéré mort plus… mortelle.

— C'est le cas de le dire !

— C'est marrant, je ne pensais pas mourir comme ça…

— Taisez-vous ! Ça suffit, ces bavardages stupides. »

Depuis qu'ils avaient été capturés, Ijylda, Puzdag, Taziey, Elëa, Rawgel, Laïgo, Boldemire et Gayma vivaient une triste vie. Traînés de jour en jour depuis maintenant presque deux semaines, ils avaient pénétré dans Envaya et dans quinze jours, ils allaient frôler Edasca qui aurait dû être la première étape de leur mission, avant de rejoindre Jyntaïmor. Ils se rapprochaient inévitablement du Conralbor. Une fois là-bas, il ne fallait plus espérer aucune chance de salut, et encore moins une possible réussite pour leur mission de récupérer Walsckhum dont le terme s'approchait indéniablement. Malheureusement pour eux, leurs ravisseurs s'y connaissaient en nœuds, autant pour les Êtrarù de chair que les Karim, enchaînés eux aussi. Si pour eux tous il y avait une fuite, Gayma, Rawgel et Laïgo ne pourraient pas aller bien loin car leurs chevaux étant en train de rôtir au-dessus de feux gardés par leurs ravisseurs, seules les montures de Taziey, Elëa et Boldemire ayant réussi à s'enfuir. Le plus affecté par leur capture était Taziey. Être fait prisonnier par des gens de son propre peuple l'atteignait plus profondément qu'il ne voulait laisser paraître.

« Qu'est-ce que tu marmonnes ? demanda une voix rauque à l'autre bout du campement. »

Un Zorbag se leva et s'approcha d'eux.

« Je me dis que ça serait drôle si un miracle se produisait et que c'était vous qui rôtiriez bientôt au-dessus des flammes », répondit Rawgel, ne cachant pas son dédain pour la créature. Le Zorbag s'approcha de l'Alzibur avec lourdeur. Il se pencha et approcha lentement son visage du sien. Il s'arrêta à quelques centimètres de la face de Rawgel. Au bout de plusieurs secondes lentes et interminables, le Zorbag lui cracha à la figure. Puis il se releva et rejoignit les autres qui contemplaient la viande cuire rapidement.

« Eh ben, Fardolc ! lança l'un d'eux. T'y es pas allé mollo avec lui !

— Ouais, Glorc ! J'me retiens jamais quand on m'manque de respect ! »

Le Glorc en question était satisfait. Il avait presque réussi la mission que lui avait donnée le Maître. Bientôt, il lui montrerait ses prisonniers et les ferait exécuter devant ses yeux. Il allait avoir une victoire totale. Il se passa la main sur le visage. Une cicatrice courait sur sa face, lui barrant l'œil droit.

Au même instant, le nommé Fardolc se reçut une grosse branche en pleine figure, et tomba à terre. Il se releva et se tourna ensuite, furieux, vers ses camarades.

« Qui a fait ça ? rugit-il sur un ton bestial. »

Mais comme aucun des autres Zorbags ne se dénonça, il rugit à nouveau. Se serait suivie une bagarre générale si une voix délicate n'était parvenue à l'oreille de l'Êtrarù.

« Ainsi, tu t'appelles Fardolc ? Et bien si tu veux te mesurer à un adversaire de taille, c'est à moi qu'il faut s'adresser. »

Le Zorbag se retourna, et, dans sa rage, il aperçut Elëa, la mâchoire serrée, qui lui lançait un regard de défi.

« Eh ! Qu'est-c'que tu crois, gamine ? Tu veux mourir si jeune ? Ça serait dommage... Allez, sois gentille et il ne t'arrivera rien ! »

Une deuxième branche le frappa de plein fouet. Elëa n'en démordrait pas. Fardolc, enragé, perdit son sang-froid et lui lança :

« Ah, tu veux jouer à ça ! Souviens-toi bien de moi, car je serai ta dernière vision ! »

Il alla attraper une massue et la leva haut au-dessus de la tête de l'Alzibure. Il l'abattit. Un grand silence s'installa.

À l'endroit où Elëa se tenait avant, il n'y avait plus rien. Un tas de cendres grises tout juste fumantes.

***

« Noon ! »

Boldemire hurla et se démena, mais il eut beau, faire, les nœuds le retenaient bel et bien prisonnier.

Fardolc esquissa un sourire malsain.

« Le prochain qui s'avise de m'embêter subira le même sort. De toute façon, on ne peut pas dire que ça vous change grand-chose. Vous connaîtrez tous la même fin ! »

Ijylda, soudain, remua légèrement. La corde, allégée de la présence d'Elëa, s'était desserrée. En bougeant un peu de manière habile, elle pourrait se libérer. Elle le savait, si les brins de carissam ne la touchaient pas entièrement, elle pourrait à nouveau recouvrer ses facultés. Un espoir fou s'offrait à eux. La liberté pour Ijylda, c'était leur liberté à tous.

Mais Fardolc la repéra avant qu'elle ne puisse rien faire.

« Glorc, va t'occuper de la petite Kariame. Elle essaie de s'échapper. »

L'interpellé réagit sur-le-champ. Il resserra la corde, et Ijylda vit tous ses espoirs s'envoler.

Chapitre 49
Sauvetage

Les Zorbags tressaillirent brusquement. On leur avait parlé.

« Vous avez jusque-là fort bien réussi votre coup, chers Zorbags. Mais j'ai peur que cela ne prenne fin. »

La voix grave et masculine n'était pas inconnue des prisonniers. Ils levèrent la tête, et distinguèrent deux silhouettes dans l'ombre. Ils reconnurent tout de suite la première, celle qui n'avait pas parlé.

« Elëa ? Mais par quel miracle ? »

Elle leur répondit en riant :

« Il faut dire que le miracle qui m'a téléporté sur ce rocher au dernier moment n'est pas fini ! J'ai été libérée, et vous n'allez pas tarder à l'être ! »

Fardolc grogna.

« Comment cette petite vermine a-t-elle pu m'échapper ? Ne t'inquiète pas, tu ne perds rien pour attendre ! »

En détaillant le second personnage, les captifs le reconnurent également.

« Dêlikiar ! Vous êtes de retour ! »

Le magicien sourit.

« Mes chers amis, je vous retrouve enfin. Vous êtes libres, à présent. »

La corde de carissam qui les retenait captifs disparut dans un éclair de lumière blanche. L'instant d'après, ils saisirent leurs armes et s'élancèrent vers leurs ravisseurs qui n'offrirent qu'une faible résistance, avant de s'enfuir entre les arbres. Les montures rescapées, ayant été sifflées par leurs maîtres, revinrent, toutes joyeuses de les retrouver sains et saufs.

Dêlikiar annonça :

« Pressez-vous. Vous avez pris trop de retard, et l'Ennemi, trop d'avance. Désormais, c'est une course qui se joue entre lui et nous. »

***

Chapitre 50
Informateurs en course

Loin de la tranquille Envaya, dans les plaines arides du nord-est, un rataïs filait à toute allure, au maximum de sa puissance. Il suffisait de cligner des yeux pour ne pas le voir passer. Il était monté par un Zorbag.

« Plus vite, maudite créature ! Plus vite ! »

Talonnée par son cavalier, la monture n'eut d'autre choix que d'accélérer à nouveau, puis encore et encore. Le Zorbag ne lâchait rien.

« Allez ! Vite ! »

À bout de force, le rataïs augmenta à nouveau sa vitesse. Mais l'allure à laquelle il galopait alors le vida de toute sa vitalité. On lui avait trop demandé. Il s'arrêta, flageolant sur ses pattes amaigries, et s'écroula, sans vie.

« Alors, c'est tout ce que tu as dans les tripes ! Au diable le rataïs ! J'me débrouillerai tout seul ! »

Un autre Zorbag monté lui aussi s'approcha.

« Ben dis donc, Fardolc ! Comme on se retrouve, hein ? Il est déjà mort, le tien ? Eh ben, pour arriver aux renseignements, il va t'en falloir, du temps, hein ?

— Glorc, sois gentil et prends-moi en croupe ? Je te revaudrais ça ! supplia Fardolc.

— Le mien il est aussi en train de crever, alors je t'embarque avec moi-même pas en rêve, d'accord ? Alors maintenant, laisse-moi, j'ai des informations à donner et de l'estime à gagner. Je te laisse ! »

Et Glorc partit comme un trait, laissant à sa rage son compagnon.

Chapitre 51
Épreuve finale

« Déjà un mois ! »

Bosco n'en revenait pas.

« Déjà un mois s'est écoulé, ou presque, mon vieux Bringad ! Tu sais, Taziey m'a dit que certaines personnes pouvaient sortir une semaine plus tôt, ce qui veut dire que c'est possible que cette nuit, ou demain, on parte retrouver nos amis ! Je trouve que ça passe trop vite… mais j'ai hâte de les retrouver ! Et au pire du pire, on sort dans cinq jours. »

Bosco avait eu conscience de ses progrès. Il savait qu'il avait des chances de finir son entraînement plus tôt. Il avait le secret espoir que, dès demain, il serait sur les routes, galopant à bride abattue pour aller rejoindre Elëa et les autres.

Lorsque la nuit vint, il fit preuve de son adresse à la chasse et rapporta un beau lièvre bien garni qu'il vida et dépeça. Il se tenait sur ses gardes, possédant comme une intuition que l'épreuve approchait.

Mais ce soir-là, comme celui qui suivit, les épreuves furent habituelles, ne laissant pas supposer qu'elles fussent la fameuse épreuve de sortie.

La troisième nuit, enfin, la chance sourit à Bosco. Alors qu'il s'entraînait seul dans son campement, un vent glacial se mit à souffler au-dessus de sa tête. Il sut que l'heure de partir était arrivée. Il fit souffler un vent chaud autour de lui pour contrer le froid qui s'était installé. Mais cela ne dura pas longtemps. Tout aussitôt après, une rafale violente détruisit la cabane de fortune que Bosco s'était construite le jour de son arrivée. Oui, l'heure du départ avait sonné. Bringad semblait l'avoir compris lui aussi. Il accourut au petit trot près de Bosco.

« Mon vieux, cette fois-ci, on n'a pas droit à l'erreur, d'accord ? C'est notre billet de sortie. Je compte sur ta vaillance et tu peux compter sur la mienne. »

Il talonna Bosco qui s'enfonça dans le blizzard.

Ils ne virent d'abord rien. Ces tempêtes ne pouvant être naturelles, il fallait trouver de quoi, ou de qui elles venaient. Le premier que le jeune guerrier aperçut fut l'Eau. Sans le savoir pourquoi, il sut ce qu'il allait avoir à faire, et il crut bon de le communiquer à son cheval.

« Bringad, on va devoir affronter les Quatre Éléments. Ils veulent voir de quoi on est capables. Ne les décevons pas. Tu vois, là-bas, entre les flocons de neige ? C'est l'Eau. Il nous attend. »

Bringad se dirigea vers l'inconnu qui se subtilisa à leur regard. Bosco invoqua un incendie pour le retrouver. Mais les flammes furent contrôlées par une puissance plus grande que la sienne. Le Feu entrait en action, et il n'était pas le seul nouveau venu. Bosco distingua un contour humain indistinct qui se promenait au milieu des flammes, et plus loin, une motte de terre herbée qui semblait vivante. L'Air et la Terre.

Les quatre s'approchèrent de Bosco, l'encerclant bientôt. Ils étaient un peu déçus du peu de résistance de l'Humain, qui regardait autour de lui d'un air perdu. Le jeune homme fit une tentative désespérée. Son cheval fonça vers une direction à toute allure, dans un trou que laissaient les Éléments. Le Feu et la Terre le rattrapèrent vite. Mais sur le dos de Bringad, il n'y avait plus personne. Bosco s'était volatilisé. L'Air rugit et leva la tête, pressentant quelque chose. Le guerrier était à une folle hauteur, planant au-dessus des arbres avec facilité. Dans son élément, l'Air le rattrapa vite.

L'Eau, plus loin, couvait toute tentative de fuite. Bosco fila vers ce-dernier et s'arrêta à son niveau. L'Eau commença à parler, avec la même voix rebondissante et calme que les rivières :

« Je pourrais être de ton côté, tu sais… Je ne sais pas ce que tu as dans le ventre. Mais être Aérien veut dire bien des choses… »

Bosco ne comprit pas ce qu'il sous-entendait par là. Mais l'Eau l'attaqua avant qu'il ait eu le temps de réagir. Il dut faire preuve d'adresse et fut touché à la cuisse, d'où un peu de sang coula. Le jeune Humain riposta par trois lances enflammées qui vinrent percer le front, le cœur et le côté de son adversaire. Trois trous se formèrent aux endroits touchés, mais ils se refermèrent bien vite. L'Eau s'en alla et disparut.

« À moi, maintenant ! » lança une voix aérienne dans le dos de Bosco.

L'Air arrivait droit sur lui. Bosco tenta de s'échapper, hélas ce fut peine perdue. Il essaya tout de même de démontrer son adresse dans les airs. Mais faire ses preuves devant un expert en la matière était bien compliqué. Le jeune homme accéléra à toute vitesse. Par chance, cela ne lui coûtait toujours aucune énergie. Il se promit qu'il réfléchirait à la question sérieusement…

« Si j'en ai l'occasion ! » songea-t-il en constatant que derrière lui, l'Air s'était acharné à sa poursuite.

Bosco se dit que sous les arbres, il avait peut-être une chance de le semer. Mais l'Élément ne se donna même pas la peine de le suivre quand il s'enfonça sous le couvert de la forêt. Bosco se posa sur l'herbe. Il ne voyait personne.

Soudain, un morceau de terre friable le frappa de plein fouet. La poussière s'étala sur son visage et s'infiltra dans ses yeux, ses narines et entre ses lèvres. Le temps qu'il s'en débarrassa, la Terre se tenait devant lui.

Une pluie d'arbres s'abattit sur Bosco. Grâce à un bouclier, il put les éviter, sauf le dernier. Il allait lui tomber dessus, mais Bosco créa juste à temps une épée yhlamànienne qui trancha l'arbre. Puis Bosco, craignant une nouvelle attaque de la part de la Terre, se mit à drainer toute l'eau qui nourrissait cet Élément. Desséché, celui-ci disparut entre les arbres.

« Bravo ! Tu as réussi à distancer mes compagnons ! »

Boscos se retourna. Le Feu lui faisait face.

« Tu as vaincu leurs premières épreuves. Voici ce que donne la mienne : celle du feu ! »

Ce faisait, le Feu enflamma la clairière tout autour de Bosco. Contrairement aux autres incendies que le jeune homme avait appris à maîtriser, celui-ci n'offrait aucune échappatoire. Au-dessus de sa tête, un plafond de feu s'était formé, ainsi que le sol qui s'était enflammé. Bosco n'eut d'autre choix que de s'élever un peu, sans quoi il perdrait ses pieds. Très vite, la chaleur mêlée de fumée devint insoutenable. Il lui fallait de la pluie… Bosco se souvint brusquement que l'Eau lui avait proposé une alliance. S'il lui piquait un peu d'eau, il ne lui tiendrait pas rancune. Il chercha désespérément à situer l'endroit où l'Élément désiré se tenait. Il le trouva facilement. Sans doute, il avait été un peu aidé… Il parvint à attraper un peu du précieux liquide qu'il se versa sur la tête. Le plafond eut une petite trouée, et Bosco s'y faufila prestement.

Mi-planant, mi-courant, il parvint à s'éloigner des quatre. Était-ce fini, avait-il réussi ? Un hennissement lui parvint : Bringad l'avait retrouvé. Levant tous deux la tête, ils virent qu'un portail s'était formé. Ils se regardèrent d'un air triomphant : ils sortaient enfin. Bosco monta sur sa selle. Il se retourna vers la forêt qu'il allait quitter et qui lui avait tant appris :

« Adieu ! »

Puis il talonna Bringad et s'en fut dans le vaste monde, ivre de liberté.

Chapitre 52
Le village

Walsckhum ouvrit les yeux. Ses pupilles le brûlaient, il avait l'impression de porter un poids lourd sur son crâne qui lui faisait mal. Il vit un bandage lui recouvrant la moitié du ventre. La seule chose dont il se souvenait était qu'il avait fait face à la mort, mais laquelle et où ? Il ne saurait le dire.

Il se trouvait dans une petite pièce, circulaire, dont la porte ouverte donnait directement sur l'extérieur. Une étagère ornée de toute part de livres poussiéreux, un buffet en bois verni et le lit sur lequel il reposait constituaient l'unique mobilier de la petite habitation. Il ferma les yeux deux ou trois minutes. Des cris d'enfants lui parvenaient du dehors. Ils furent brefs mais prouvèrent au jeune homme qu'il n'était pas seul. Il devina à la lumière chaude et orangée qu'on devait s'approcher du crépuscule. Il souleva ses paupières, se décida et s'appuya sur ses coudes pour se redresser. Il étouffa un cri de douleur.

« Ne te fatigue pas, ça pourrait te nuire. »

Un vieil homme à la courte barbe blanche le dévisageait sans bruit, accroupi près de la couchette. Walsckhum poussa un petit cri de surprise : il ne l'avait pas remarqué.

« Je suis rentré quand tu as fermé les yeux, dit l'inconnu avec un regard amusé par la surprise qu'il avait provoquée. Ne t'inquiète pas, tu es en sécurité ici. »

Le cri avait alerté les enfants qui s'entassaient au fur et à mesure devant l'entrée, chuchotant entre eux. Le vieillard les vit, fronça les sourcils, se leva et les chassa avec des gestes de la main :

« Allez, ouste ! Ouste ! Laissez-le tranquille ! Ouste ! »

Après avoir fait déguerpir tous les curieux, le vieil homme siffla, ses deux doigts dans la bouche. Un énorme chien à l'air affectueux accourut.

« Garde la porte, Mafibou. Ne laisse entrer personne. »

Puis l'inconnu reprit sa place auprès du garçon.

« Excuse-moi, mon p'tit gars ; ils ne veulent jamais calmer leur curiosité. Mais ne t'inquiète pas, ils ne sont pas méchants. C'est que tu es resté endormi si longtemps… Mafibou monte la garde. N'est-ce pas, mon gros ? » lança-t-il à l'animal.

Un jappement joyeux et plein d'intelligence lui répondit. Le vieillard rit d'un rire grave et sonore, puis retourna à son protégé.

« On t'a découvert il y a deux lunes dans l'une des parties les plus reculées de la Forêt Noire. Qu'est-ce que t'y faisais ? On n'en savait rien, on t'a pris. C'est qu'à la période de l'année où on t'a trouvé, on a l'habitude d'aller cueillir des ritoles. »

Walsckhum fronça les sourcils. Il ne voyait pas de quoi on parlait. Le vieillard sourit et répondit à sa question muette :

« Les ritoles sont de délicieux petits champignons qu'on cuisine en omelette… mais je parle, je parle et je m'égare. Où en étions-nous ? Ah oui. T'étais dans un sale état quand ils t'ont ramené. Je n'étais pas parti, je me fais vieux. Alors mes élèves guérisseurs t'ont déposé chez moi car ils n'ont pas encore assez de talent pour soigner quelqu'un dans ton état. T'avais la chemise déchirée, un tapis de feuilles en guise de pantalon et des pieds nus. Il y avait un loup sur toi aussi ! Je ne sais pas trop comment c'était. Je vais aller te faire chercher Gurguve, c'est celui qui t'a découvert. Il va tout te raconter en détail. Désolé, je suis un moulin à paroles, mais toutes ces informations, ou presque, t'étaient nécessaires.

— Je… pardonnez-moi, mais je n'ai aucun souvenir de ce qu'il s'est passé. Je… je me souviens juste être parti en voyage à la recherche de quelqu'un. Mais de qui ? Quand ? Et où ? Je ne saurais le dire.

— Oui, je vais t'expliquer. Mais tout d'abord, je suis Malgkam, l'ancien du village. Moi, je sais ce qui s'est passé. Tu es allé dans la Forêt Noire pour une raison quelconque et tu as été piqué par un pyvrid. Les pyvrids sont des créatures très dangereuses que l'on ne trouve que dans la Forêt Noire. Ce sont des espèces de… de scarabées géants et rampants, qui n'ont pas d'ailes et qui peuvent mesurer de cinq à quinze centimètres. Celui qui t'a attaqué était un gros. Leur venin est mortel pour les plus faibles, mais toi, tu as une forte carrure. Néanmoins, tu ne pourras pas retrouver ta force d'avant sans t'entraîner jour et nuit. Malheureusement, la piqûre n'est pas seulement affaiblissante, elle rend aussi amnésique. Tu ne te souviens de rien et c'est normal. Il suffit que Gurguve te raconte tout en détail et tu devrais normalement recouvrer la mémoire.

— C'est étrange de… »

La conversation fut interrompue par des aboiements de Mafibou qui chassa à force de persévérance et d'aboiements une petite fille qui voulait voir Walsckhum. Puis le calme revint en même temps que la discussion.

« C'est étrange de se dire qu'on a vécu des choses qu'on a oubliées et qu'on va bientôt s'en souvenir.

« — Oui, oui… Eh ! Mafibou ! Rattrape la p'tite fille et amène-la ici. »

Mafibou s'exécuta. L'enfant revint bientôt, escortée par le gros chien. À petits pas hésitants, elle s'approcha de Malgkam, un sourire tout timide plaqué sur ses lèvres fines.

« Ah ! Siyou, tu vas nous être utile ! Va chercher Gurguve, dis-lui que l'étranger l'attend. »

L'intéressée partit en courant et revint bien vite avec ledit Gurguve. De peau très mate, on voyait en lui un homme résistant. Un sourire assuré et des yeux pétillants d'intelligence complétaient un fin visage encadré de boucles noires. Pour tout vêtement, il portait un linge à la taille qui lui descendait jusqu'aux genoux. Un bracelet sous l'épaule à chaque bras complétait son maigre accoutrement.

« Ah ! Tu es réveillé ! lança-t-il à l'adresse de Walsckhum. Tu vas mieux ? »

Un sourire lui répondit. Malgkam se leva, sortit avec Siyou et Mafibou, laissant Walsckhum et son sauveur seuls.

« Tu veux te souvenir de tout maintenant ou plus tard ? Tu n'es peut-être pas encore prêt, je suis à ton service. Si tu veux, je repasserai plus tard…

— Non, ne t'inquiète pas. Je suis prêt dès maintenant. J'aurais juste une faveur à te demander.

— Parle, je t'écoute.

— J'aimerais tout savoir sur le peuple qui m'a accueilli. Je suis un parfait étranger ici, je voudrais mieux connaître l'endroit où je dors. »

Gurguve rit aux éclats.

« En voilà un curieux ! Je ne peux pas te garantir de te donner tous les détails, car moi-même je ne les connais pas tous. Mais je vais te faire part de tout ce que je sais. »

Gurguve se lança dans son récit :

« La zone au nord de la forêt d'Envaya est communément appelée la "Forêt Noire", du fait du nombre de personnes qui disparurent par là-bas. C'est un endroit peuplé des créatures les plus sauvages de tout Nawgëlsky. Beaucoup y ont trouvé la mort. Pour y remédier, le roi des Alziburs, Kor̃ Adiâm, plaça un groupe d'habitués de la forêt autour de la Forêt Noire. Ces villages ont pour mission de porter secours au maximum de personnes égarées. Grâce à cela, beaucoup furent sauvés et retrouvèrent la vie dans l'un des trois villages protecteurs qui entourent la Forêt Noire : Nuvex à l'est, Edasca au sud et Jyntaïmor à l'ouest, celui où nous nous trouvons. »

Gurguve expliqua avec passion toutes les traditions, fêtes, habitudes, mode de vie et alimentation du village.

Pour finir, le conteur décrivit à Walsckhum l'endroit où il l'avait découvert dans les moindres détails. Sa position, son environnement, ses vêtements, ses blessures…

Lorsqu'il mit un point final à son récit, toute la nuit s'était écoulée, le soleil s'était levé et on devait être au milieu de la matinée. Et le blessé se souvenait de ce qui l'avait conduit à pénétrer dans la Forêt Noire.

Chapitre 53
Retrouvailles

Bosco galopait à bride abattue depuis deux semaines. Bringad filait comme le vent. Dès qu'il avait besoin de refaire ses forces, il s'arrêtait. Son cavalier le laissait guider leur rythme. Ce matin-là, en se réveillant dans une petite auberge perdue dans la forêt d'Envaya, à deux semaines au sud d'Edasca, Bosco sentit qu'il allait rattraper ses compagnons aujourd'hui. Il ne se trompait pas. Quelques heures avant midi, il aperçut loin devant lui un groupe de personnes qui marchaient et qui l'avaient sans doute déjà repéré. Le cœur de Bosco se mit à battre plus vite. Étaient-ce eux ? Il talonna à nouveau Bringad.

« Courage, on les rattrape ! »

Au moment où ils les atteignaient, un autre petit groupe les rejoignait aussi. C'était Falimos et Cartiofs avec Danôlk. Les retrouvailles étaient complètes.

Ce soir-là, ils firent un repas de fête.

***

« On revient au même dilemme qu'au début : on passe par la Forêt Noire ou on la contourne, ce qui en soi ne nous ferait perdre qu'un jour ou deux ! »

Le petit groupe récemment recomposé logeait dans une petite auberge à Edasca où il n'y avait qu'eux. Assis autour d'une grande table ronde, ils étaient penchés sur une carte de Nawgëlsky. Dêlikiar répondit sans hésiter :

« On traverse la Forêt Noire, on a perdu assez de temps comme ça. »

Elëa prit la parole.

« Il a raison. Je connais bien la réputation de la Forêt Noire, étant originaire d'Envaya, et ce n'est pas très rassurant. Mais je suis prête à prendre le risque…

— Moi aussi ! assura Taziey, les yeux brillants. »

D'un commun accord, il fut décidé qu'ils braveraient les dangers de la Forêt Noire.

L'aubergiste, rondelet, s'avança vers eux avec bonhomie.

« Bonjour, bonsoir, la compagnie ! Désolé d'interrompre votre petite conversation, mais vous n'avez toujours pas commandé votre dîner et, foi de Yougnamar, je ne vous laisserai pas mourir de faim ! J'ai vu aussi que vous n'aviez point d'montures. Je connais un bon ami vendeur de chevaux qui vous fera un bon prix si vous lui dites que vous venez de ma part ! »

Finalement, l'aubergiste Yougnamar leur apporta un délicieux festin comme ils n'en avaient pas mangé depuis longtemps. Rassasiés, ils montèrent à l'étage où ils partagèrent des chambres meublées de vrais lits bien douillets !

Tard dans la soirée, on entendit Taziey et Cartiofs rire aux éclats dans leur chambre.

Il faisait bon de se retrouver !

Chapitre 54
Départ précipité

Le lendemain, Bosco fut réveillé par un pépiement d'oiseau sonore. Le jeune homme se leva et s'approcha de sa fenêtre. Les premiers rayons du soleil pointaient. L'astre attendit encore quelques minutes pour se montrer dans toute sa splendeur. Le vent était doux et caressa les joues de l'Humain. Respirant à pleins poumons, il profita des effluves délicats mêlés de fleurs et de printemps. En bas s'ouvrait un merveilleux petit jardin. Tout un tas de plantes, de lianes et de fleurs inconnues s'entremêlaient. L'ensemble, quoique incongru, se révélait splendide. Ce Yougnamar avait du goût. À droite se tenaient les écuries où Bringad devait être en train, lui aussi de se réveiller.

Soudain, Bosco aperçut des silhouettes en bas qui s'agitaient frénétiquement dans tous les sens. Plissant les yeux, le jeune homme s'aperçut qu'il s'agissait de ses amis. Ils semblaient sur le départ.

Bosco sauta sur ses pieds et s'habilla rapidement. Il descendit quatre à quatre les escaliers qui conduisaient à la cour intérieure. Il arriva, essoufflé. Danôlk lui dit simplement :

« Nous sommes suivis, nous partons. »

Falimos fut plus éloquent sur la situation.

« Boldemire est parti ce matin en repérage. Il a vu qu'une troupe de Zorbags nous suivait. Ils seront là dans une heure tout au plus alors nous partons maintenant. Danôlk aurait dû te le dire mais je dois t'avouer qu'il ne parle quasiment pas. J'ai fait tout un voyage avec lui et je ne sais pas encore reconnaître le son de sa voix.

— Merci, Falimos. Puis-je me rendre utile ?

— Va harnacher ton cheval. Tu es le seul qui ne l'a pas fait, il ne faudrait pas retarder les autres. »

Bosco s'exécuta sur le champ. Quand il revint, monté en selle, les autres étaient presque prêts à partir. Yougnamar avait insisté pour qu'ils emportent beaucoup de vivres.

« Je n'ai plus beaucoup de clients par les temps qui courent. Toutes ces bonnes choses vont pourrir inutilement si vous n'en profitez pas. Vous n'avez pas à hésiter. D'ailleurs, je ne vous laisse pas le choix ! » dit-il généreusement.

Ils remercièrent leur hôte jovial qui refusa catégoriquement d'être payé.

Ils sortirent de l'auberge. Cartiofs et Taziey partirent voir le marchand de chevaux que Yougnamar leur avait conseillé pour le prévenir de l'arrivée de la troupe. Quand ils arrivèrent sur les lieux, ils purent rapidement choisir de bonnes montures jeunes et fringantes. Les prix se révélèrent très bas grâce à la renommée de Yougnamar.

Au moment où le soleil se montra, ils étaient partis au grand galop vers Jyntaïmor.

Chapitre 55
Cri muet

« Moi ! »

Bosco fit un pas en avant. Il se portait volontaire pour accomplir un tour de garde avec Rawgel. Cartiofs continua la répartition des tâches.

« Bien. Tu iras aussi avec Dêlikiar, Elëa et Laïgo ramasser du bois pour le feu. Si vous voyez du gibier, prenez-le, mais n'en cherchez pas. Il est inutile de nous charger davantage de nourriture, nous en avons assez. Les autres et moi, on surveille le camp. »

Bosco ceignit son épée qu'il avait retirée pour un voyage à cheval plus confortable. Il ajusta sa cape sombre sur ses larges épaules et attrapa son arc et son carquois.

« Je suis prêt ! » annonça-t-il à Elëa et Laïgo qui resserraient leurs serre-poignets et leurs ceintures. Dêlikiar prit son bâton en main, et ils furent prêts. Ils s'aventurèrent entre quelques arbres, puis s'enfoncèrent complètement dans la forêt, disparaissant à la vue des autres.

***

Il y avait peu de bois mort. Une petite brindille tous les dix mètres, et parfois de grosses branches. Laïgo suggéra une séparation pour une plus grande récolte.

« Bosco et Dêlikiar à gauche, Elëa tout droit et moi à droite. Rendez-vous au camp. »

Bosco prit la direction qu'on lui avait indiquée avec le magicien. Il prit bien garde de rester en silence. Soudain, il vit un superbe lièvre qui avançait en se traînant, lourd de ventre. Il voulut le signifier à Dêlikiar et cria :

« Là ! Un lièvre ! »

Aussitôt, se rendant compte de sa bêtise, le jeune homme se plaqua une main sur la bouche. Il avait tout gâché. Mais en y regardant de plus près, l'animal ne s'était pas pressé.

« Tout de même, songea Bosco, aussi lent soit-il, il aura déguerpi. Que s'est-il passé, exactement ? »

Dêlikiar détailla le jeune homme en plissant les yeux. Bosco ne s'en aperçut pas et saisit sa chance : il empenna une flèche sur la corde de son arc et tira. Le lièvre fut touché en plein cœur.

***

« Bosco ? »

L'interpellé se retourna. Dêlikiar était assis sur une grosse pierre et lui faisait signe d'approcher. Le jeune homme s'exécuta, se demandant ce que le magicien avait à dire. Ce dernier entama la conversation.

« Tout à l'heure, avec le lièvre, tu as crié, n'est-ce pas ? Le lièvre ne t'a pas entendu ni Elëa qui était pourtant à portée de voix.

— C'est exact. Je me demande ce qui a bien pu se passer. »

Bosco voulut en profiter pour demander à Dêlikiar s'il savait quelque chose sur sa facilité à se déplacer dans les airs, mais le magicien reprit :

« Je sais ce qui s'est passé. Je vais te donner une explication avec laquelle tu feras le lien avec toi plus tard. Vois-tu, il existe certains dons spéciaux, qui sont accordés à certaines personnes, environ à un quart des Êtrarù. Ils sont divisés en quatre dons :

Il a les Songeurs, ceux qui parviennent à créer par leur seule imagination des choses assez compliquées. Ils peuvent se téléporter dans un monde fictif qu'on appelle la Prairie. Là, ils communiquent avec d'autres Songeurs, et le message est transmis. Ça ne marche que quand les Songeurs sont en même temps dans la Prairie, ils ne peuvent pas s'appeler à distance pour se donner rendez-vous, ils doivent se le donner face à face. Ils parviennent aussi à donner vie à certains de leurs rêves, et à interpréter leurs songes de la bonne manière. Ce don-là est le plus répandu.

Il y a ceux qui parviennent à communiquer en quelque sorte avec les plantes et les animaux. Ils se trouvent bien dans la forêt. Ils auront aussi des facilités pour réaliser des hamàn à partir de la terre. Ce sont les Naturels.

Il y a les Télépathes, qui, similairement aux Songeurs, peuvent aussi communiquer à distance, mais cette fois-ci, pouvant lancer un appel. Tu connais sûrement de nom la télépathie qui a inspiré maintes histoires dans l'Autre Dimension. Les Télépathes peuvent se parler mentalement, à distance. Ils peuvent parler avec n'importe quel Êtrarù, Télépathe ou non. Mais ces derniers ne peuvent lancer un appel ni le terminer, mais ils peuvent échanger pendant la conversation.

Enfin, il y a les Aériens, qui peuvent décoller du sol et voler facilement et rapidement, avec agilité, sur une longue distance. Ceux-ci sont plus rares. »

« Les guérisseurs élites comme Gayma ne rentrent dans aucun de ces dons, ils ont subi un entraînement des plus sévères. »

Bosco tressaillit. Il venait de se reconnaître dans cette description. Avait-il un don ?

« Quand on a un don, on peut réaliser tout ce qui est attaché à ce don sans que cela ne nous coûte aucun effort, contrairement aux hamàn.

Dans l'Autre Dimension aussi, ces dons existent, mais sous d'autres formes et il faut les entretenir pour ne pas les perdre. Les Songeurs donnent vie à leurs jeux et à leurs rêves, les Aériens aiment l'escalade, l'avion et tout ce qui se rapporte à l'altitude, les Naturels sont à l'aise avec la nature, ils sont ce que vous appelez des "pouces verts", et les Télépathes sont ceux qui parviennent à se faire comprendre quelque chose avec le regard.

C'est là, Bosco, que j'en viens à mon point final. Tout à l'heure, ton cri pour le lièvre qui t'a semblé muet, je l'ai entendu mais dans ma tête, en quelque sorte. Mentalement. Bosco, sans nul doute, tu es Télépathe.

— Moi ? »

Bosco s'était reconnu comme Aérien, mais comme Télépathe, nullement. Il posa une question.

« Est-il possible d'avoir plusieurs dons ?

— Maximum deux, mais oui, c'est possible. Pourquoi cette question ? Me cacherais-tu quelque chose ?

— Je crois que je suis Aérien… J'ai réussi à m'envoler, à Dyrlimar.

— C'est possible, mais cela ne doit te coûter aucun effort. Des personnes non Aériennes peuvent s'envoler, certes moins longtemps, mais quand même une heure ou deux… Il faut faire tes preuves, jeune homme ! »

Bosco s'éleva dans les airs. À son soulagement, tout correspondait à ce que Dêlikiar lui avait enseigné.

Bosco, en plus d'être Télépathe, était Aérien.

Chapitre 56
Compagne de combat

La nuit était tombée quand Rawgel cria :

« En garde, Bosco ! »

L'Alzibur avait tiré son épée et la pointait vers l'Humain. Il le défiait en combat singulier.

« Voyons voir de quoi tu es capable, désormais... » ajouta l'Alzibur avec un sourire.

Bosco tira son épée au clair. Un rai de lumière frappa les deux amis qui, pendant les quelques secondes suivantes, allaient être adversaires.

La danse martiale commença. Les deux épées s'entrechoquèrent dans un bruit de cristal après s'être longtemps tournées autour. La chorégraphie était époustouflante. Les deux guerriers mettaient tout leur cœur, toute leur âme et toute leur volonté dans cette danse. C'était un jeu de force, aussi, qui se déroulait entre les deux hommes. Ils se mesuraient l'un l'autre.

Rawgel était un excellent épéiste, Bosco se devait bien de l'avouer. Il dut reculer encore et encore, ne pouvant que se défendre sans attaquer. Il fut accolé à un arbre. Pour Rawgel, la victoire était certaine si Bosco ne tentait rien. Il décida d'user son don d'Aérien. Il décolla du sol. Rawgel, surpris, abaissa pendant une seconde sa position de défense puis la reprit rapidement. Mais c'était assez pour que Bosco en jouit. Se glissant au vol dans la première ouverture qui s'offrait à lui, Bosco faillit réussir à toucher son adversaire au cœur, mais ce dernier para admirablement la touche. Rawgel rejoignit Bosco dans les cieux. Il n'était pas Aérien et puisait dans ses propres forces. Bosco ne pouvait profiter ainsi, dans ce combat légal, de son avantage. Il remit pied à terre, gardant sa position avenante. Il redoubla de vitesse et enchaîna les coups, défiant toute prudence. Rawgel les paraît tous, mais maintenant il perdait du terrain. Les positions étaient inversées. Bosco se concentra de toutes ses forces pour contrer la moindre tentative de riposte de Rawgel.

La danse redoubla de plus belle. Soudain, ils firent tous les deux une passe qui leur était propre. Coordonnées ainsi, les lames glissèrent l'une contre l'autre et vinrent se poser sur la poitrine de l'autre. Si ç'avait été un combat à mort, ils auraient succombé tous les deux. Ils lâchèrent leurs épées.

Dans un tintement sonore, la chorégraphie prit fin.

« Tu te bas bien ! avoua Bosco en ramassant son arme.

— Toi de même ! L'entraînement à Dyrlimar a porté ses fruits, dirait-on ! »

Bosco hocha la tête distraitement. Il contemplait la lame tranchante de son épée. Combien de fois ce simple objet lui avait-il sauvé la vie ? Mais la question que Bosco se posait réellement était : combien de vies allait-elle sauver ? Non pas seulement celle de l'Humain, mais peut-être qu'en se battant, Bosco pourrait sauver des veuves, des orphelins, des vieillards, des estropiés. Dans le cœur de Bosco, ce n'était plus une simple épée, mais une partie de lui-même. Il rangea sa chère compagne de combat dans son fourreau. Elle s'endormit pour un temps.

Sans doute n'allait-elle pas tarder à se réveiller de nouveau pour montrer toute sa puissance en pleine lumière.

Chapitre 57
Avertissement du Conralbor

Voilà six jours qu'ils avaient quitté Yougnamar. Ils étaient contents de leur progression, avançant vite. Ils voyageaient jusqu'à tard dans la nuit et repartaient avant le coucher du soleil.

Un soir, ils firent halte dans une grande excavation dont le fond n'était tapissé d'aucun arbre. Ils descendirent prudemment la pente par un petit chemin raide. Après quelques hésitations, ils décidèrent de dormir au fond du cratère pour être à l'abri du vent mordant qui s'était levé depuis plusieurs jours.

Elëa se proposa de monter la garde ce soir-là. Après le dîner, chacun s'endormit d'un profond sommeil profitant des courtes heures de sommeil qui leur étaient accordées avant le lendemain.

Au beau milieu de la nuit pourtant, Bosco se réveilla. Sous sa couche, le sol semblait onduler, à peine perceptiblement. Sentant qu'il ne pourrait se rendormir tout de suite, il sortit. Il fut frappé par la froideur de la nuit qui l'assaillit. Il se félicita d'avoir pris sa cape et l'enfila.

« Elëa ? Elëa ? »

Dehors, il n'y avait que le feu qui crépitait joyeusement. Sans qu'il en devinât réellement la raison, une angoisse sourde saisit sournoisement Bosco à la gorge. Il n'y avait personne. Elëa avait disparu. Son regard fit le tour du cratère. Il ne vit rien. Son cœur accéléra son rythme en pensant à ce qui avait pu arriver mais il se reprit bien vite.

« Calme-toi, Bosco. Elle s'est peut-être éloignée et elle va vite revenir. »

L'Humain prit sa place pour faire le guet en attendant son retour. Il essayait de se rassurer mais un malaise inquiétant l'enserrait et il ne parvenait pas à s'en défaire. Le sol se remit à remuer légèrement. Son anxiété grandissante prit finalement le dessus. Il lança un appel télépathique sachant désormais qu'il en était capable.

« Elëa ? Elëa, est-ce que tu m'entends ? »

Mais seul le silence répondit à son apostrophe muette.

Bosco, ne sachant plus que faire, eut recours à une pratique qu'il avait employée déjà plusieurs fois. Il ferma les yeux et écouta. Il tendit l'oreille et son ouïe se déploya, tentant d'attraper le moindre chuchotement. Il n'entendit d'abord rien. Il se concentra plus fort. Cette fois-ci, il perçut le vent dans les herbes hautes. Des pas de bête sauvage au loin. Mais aucune trace de la belle Alzibure.

Soudain, il entendit un appel. Un cri étouffé. Il était faible, et Bosco se demanda même s'il n'avait pas rêvé. Mais il leva les yeux là où il n'avait pas regardé : sur les bords du cratère. L'appel au secours semblait lui venir de là. Plissant les yeux dans la partie qui n'était éclairée ni par la lune ni par le feu, il la vit.

Elle était inanimée. Elle pendait mollement, prise en otage dans une épaisse racine d'arbre enroulée autour de sa taille. Une autre petite racine lui recouvrait la bouche l'étranglant à moitié. Elle semblait à bout de force. Son appel avait été entendu, c'était l'essentiel. Bosco remarqua alors que son corps était zébré de sang par endroit. Bosco vit l'épée de son amie pendre à son côté. L'attaque devait avoir été rapide : elle n'avait pas eu le temps de dégainer. Sans un bruit, Elëa était devenue prisonnière.

Les autres finirent tout de même par se réveiller avec les secousses de la terre qui se faisaient de plus en plus fortes. Ils sortirent tant bien que mal de la tente. Ils virent Bosco debout qui remuait ses méninges pour savoir comment sortir Elëa de là où elle était. Les autres suivirent son regard et découvrirent le triste spectacle.

Gayma, en voyant la malheureuse Alzibure, chuchota :
« Mais Bosco, qu'est-ce que…

— Je ne sais pas. J'ai été réveillé avant vous. Quand je suis sorti, je ne l'ai pas trouvée tout de suite. Elle était déjà là-haut. »

Un tremblement plus sourd se fit entendre à leur gauche. Se retournant, ils virent un énorme monstre qui venait d'arriver. Il s'immobilisa. Dêlikiar murmura :

« Vous autres, évitez cette créature. C'est un monstre au service de l'Ennemi. Voyez, il nous a repérés et il nous envoie un avertissement du Conralbor. C'est un borivac. J'ai réussi à en décimer un à grande peine. Si jamais vous êtes obligés de vous y frotter, songez-y : leur point faible, ce sont les yeux. »

Boldemire s'écria :

« Je suis sûr qu'il veut nous empêcher de sauver Elëa ! Qui l'aime me suive ! »

Bosco mit son arme au clair de la lune. Dans un doux tintement, les épées quittèrent leur fourreau pour s'unir. Puis le groupe de compagnons monta à l'assaut de l'arbre qui retenait Elëa. Pour elle, ils allaient se donner jusqu'au bout.

Tout en courant, Bosco tenta à nouveau de prendre contact avec Elëa.

« Elëa ! Elëa, tu m'entends ? On arrive ! On est là ! Tu m'entends ? »

Rien.

« Elëa ? Réponds-moi ! Tu vas être sauvée ! Ne lâche rien, je t'en supplie ! »

Toujours rien.

« Elëa ! On arrive ! Tu vas être sauvée ! J'ai besoin de savoir si tu es en vie ! »

Toujours rien.

« J'ai besoin ! Besoin… »

Et la réponse vint. Le murmure était presque inaudible. La pensée était brouillée mais Bosco parvint à la saisir.

« Ou… oui ? Bosco, c'est toi ?

— Oui, oui, c'est moi ! Tu es vivante ! On arrive ! Ne te fatigue pas !

— Ça sert à rien… C'est un arbre comme jamais je n'en ai vu… Il a du poison dans ses racines, je le sens qui coule dans mes veines… depuis longtemps, il coule… Il n'y a plus beaucoup de temps… plus de temps… »

Et la pensée s'arrêta. Tout net. L'esprit d'Elëa était devenu noir comme du jais. Bosco cria à ses camarades qui continuaient toujours la course effrénée sur les bords du cratère.

« Elle est vivante ! Elle est vivante ! Mais ce n'est plus qu'une question de temps ! »

Ils accélérèrent de toutes leurs forces. Les bottes frappaient le sol et le bruit résonna dans tout le cratère montrant à tous la détermination des guerriers. Ils arrivèrent enfin à l'arbre.

Boldemire, en tête, allait commencer à entailler l'arbre quand un éclair noir d'une force gigantesque vint le frapper de plein fouet et le projeter au fond du cratère, entraînant aussi Danôlk. Boldemire hurla.

Une patte noire du borivac venait de le percuter. La guerre était déclarée. Ils n'avaient pas le choix : ils allaient devoir affronter l'araignée géante. Dêlikiar fut le premier à sauter sur la tête du borivac suivi par tous les autres.

« Les yeux ! cria le magicien. Son cœur est juste derrière ! Visez les yeux ! »

Le monstre secoua son corps de toutes ses forces. Seuls quelques-uns tombèrent à terre.

Bosco n'avait pas oublié Elëa. S'assurant que ses amis s'en sortaient bien, il revint à l'arbre et en entama l'écorce avec son épée. Mais le tronc semblait être en carissam. Bosco ferma les yeux un instant et enflamma l'arbre qui lâcha sa proie à demi morte dans un sursaut de douleur, la projetant plusieurs mètres plus loin derrière lui. Bosco ne savait que faire. Courir à son secours ou à celui de ses amis qui commençaient à fatiguer ? Il n'hésita pas longtemps. Il courut vers l'Alzibure étendue.

« Elëa ! Tu m'entends ? Tu es vivante ? Pourvu que je ne sois pas arrivé trop tard ! Elëa ! »

Elle demeurait inerte.

« Elëa ! »

Elle bougea faiblement puis son corps retomba dans l'inconscience.

Bosco puisa alors toute sa force et l'envoya en direction d'Elëa. Il avait appris cela aussi. Donner de sa vitalité pour un autre.

Elle restait inanimée.

Il puisa encore de sa force, tomba à genoux au sol. Mais il continuait.

Elle bougea.

Il continuait de lui transmettre la vie par ce lien invisible de sa vitalité.

Elle ouvrit faiblement les yeux.

Il devait maintenant s'appuyer sur ses coudes mais il tenait bon. Malgré le fait qu'il savait que cela pouvait s'avérer dangereux pour lui, il tenait bon. Il savait que c'était la vie d'Elëa qui était en jeu et désormais elle comptait pour bien plus que la sienne.

Elle se redressa tout doucement, puis retomba. Elle se redressa à nouveau et s'habitua à l'obscurité qui l'entourait.

Il laissa retomber ses bras. Il était étendu par terre, presque sans forces, mais conscient. Et il n'arrêta pas.

Elle le vit.

« Bosco ? »

Il ferma les yeux.

« Bosco ! »

Il perdit toutes ses forces. Il avait tout donné.

Chapitre 58
Tous vaincus

Taziey se démenait comme un beau diable. Il était aux prises avec le borivac, appuyé par Dêlikiar et Falimos. Le monstre, au cours du combat, avait réussi à analyser la taille de ses adversaires et il redoublait d'agilité face à ces proies minuscules. À cause de ses coups de pattes, Cartiofs, Ijylda et Puzdag avaient été envoyés au loin. Sans en savoir davantage, Taziey était persuadé que les deux Karim étaient retenus par un arbre. D'après ce que le Zorbag voyait, les arbres avaient du carissam dans les racines car Ijylda et Puzdag n'arrivaient pas à s'en défaire.

Laïgo, Rawgel et Gayma s'occupaient d'Elëa et de Bosco.

***

« Bosco, tu m'entends ? Réveille-toi ! Bon sang, on va jamais y arriver ! Elëa, Boldemire, Danôlk, Cartiofs et les Karim… et Bosco maintenant ! Ils tombent tous un par un ! Et les autres qui combattent ce fichu borivac ! Falimos ! Vous y arrivez ?

— Ça va ! Mais je vais avoir besoin d'aaaaaaaaide !

— Qu'y a-t-il ?

— Je viens d'éviter un assaut de justesse, je crois que nous allons avoir besoin de renforts ! »

Quand Laïgo arriva, suivi de près par Rawgel, il s'aperçut que Taziey était étendu au loin avec une vilaine plaie au travers du visage qui saignait abondamment.

Un deuxième borivac était arrivé. Dêlikiar s'en occupait, mais on voyait bien qu'il commençait à fatiguer. Un à un, ils étaient décimés.

« Falimos ! Ça ne va pas du tout ! Fais bien attention ou on va tous y passer…

— Je suis au courant, pas la peine de me le dire… Dis-moi, eux, ils m'énervent ! » grogna le Vurcolisse en désignant les deux borivac.

Au même instant, Dêlikiar leva son bâton qui rayonna de mille feux. Dans un cri puissant, il projeta son arme vers la tête du monstre. Le borivac s'immobilisa, chancela doucement et tomba à terre. Dêlikiar, épuisé, s'affaissa doucement sur le sol à son tour. Le magicien avait puisé jusqu'au plus profond de ses forces.

Gayma rejoignit Laïgo, Rawgel et Falimos tandis que le deuxième borivac redoubla d'énergie pour tenter d'en tuer davantage.

« Euh… Il est devenu fou, ça m'enquiquine.

— Dis donc, Falimos ! On est dans une situation un peu désespérée, alors ne prends pas les choses à la légère, hein ? »

Un gargouillement survint. Ils levèrent les yeux hors de leur campement maintenant anéanti.

Un nouveau borivac arrivait à la rescousse du premier. Il gronda dangereusement.

« Oh, oh… On fait quoi ? demanda le Vurcolisse.

— On fonce !

— Tiens, c'est ce que j'allais dire !

— Tais-toi et fonce ! »

Épées au clair pour les trois Alziburs et hache au poing pour le Vurcolisse, ils se jetèrent contre les deux borivacs.

Mais hélas pour eux, le Conralbor n'avait pas fini de puiser dans ses ressources pour finaliser son attaque. Des lianes jaillirent du sol à une vitesse fulgurante. Rawgel, derrière les autres, ne parvint pas à les éviter et fut enlacé.

« Que ? Oh, c'est pas vrai…

— On arrive, Rawgel !

— Non, non ! Occupez-vous de ces deux petites bestioles. Je me débrouille seul de mon côté. »

Ils n'eurent pas le temps de discuter. Le plus gros des deux monstres vint vers eux. Il voulut les transpercer chacun d'une de ses puissantes pattes.

Les Alziburs évitèrent d'un bond agile la pointe mortelle qui leur était destinée. Une bataille s'engagea, terrible. Avec sa hache, Falimos réussit à trancher une des pattes du premier borivac qui hurla de douleur. Soudain, Gayma fut projetée au loin, près de Rawgel qui se débattait avec les plantes démoniaques. L'Alzibure murmura entre deux sursauts de douleur :

« On va pas… y arriver… »

Et elle ferma les yeux.

Rawgel trancha la dernière liane et il releva la tête : on l'appelait.

« Dis, ça t'ennuierait de me donner un coup de main ? »

Laïgo était seul face aux deux borivac. Falimos était étendu, quelques mètres plus loin, à terre.

« J'arrive ! » répondit l'Alzibur.

Tout en évitant un coup du monstre, Laïgo expliqua à Rawgel que Falimos n'avait pas réussi à éviter une patte tranchante. Il avait eu le ventre transpercé de part en part, avant d'être éjecté.

Laïgo et Rawgel commençaient à faiblir. Voilà plus de trois heures maintenant qu'ils s'étaient réveillés et leurs forces menaçaient dangereusement de s'épuiser complètement mais ils donnaient tout ce qu'ils avaient. Les épées n'étaient plus que des éclairs, les Alziburs plus que des fourmis devant les montagnes et les chances de s'en sortir plus qu'un espoir lointain et inatteignable.

Laïgo fut le premier à tomber à terre. La fatigue s'en empara comme on fauche une plante. Juste avant de perdre totalement connaissance, Laïgo vit Rawgel s'effondrer à son tour.

Ils étaient tous vaincus.

Chapitre 59
L'interrogatoire

Fardolc le Zorbag se réveilla en sursaut.

Où était-il ? Il ne reconnaissait plus rien. Il s'assit sur le bord d'un lit qui n'était pas le sien et essaya de se lever dans cette pièce qu'il ne reconnaissait pas. La couchette lui paraissait inconfortable. Dès qu'il eut mis un pied à terre, les murs se mirent à tourner autour de lui. Il se prit la tête entre les mains, et se força à aller se renverser un seau d'eau glacée posé dans coin, plus loin. L'eau lui rafraîchit la mémoire aussi vite que le seau avait été vidé.

Depuis quelque temps, il avait été envoyé en mission avec un nommé Glorc et d'autres Zorbags dont il avait oublié les noms. Ils venaient rendre leur rapport au Maître mais leurs rataïs étaient morts avant qu'ils n'arrivent à destination. Fardolc se souvint aussi que la veille, tard dans la soirée, il s'était arrêté dans une auberge où il avait sans doute trop bu. Cette chambre était celle qu'il louait à l'auberge, il n'avait pas eu le temps de repérer les lieux.

Soudain, Fardolc s'aperçut que la porte de sa chambre était faite… de barreaux. Fardolc reconnaîtrait ces fers entre mille. C'était l'une des seules matières qui résistaient à la force des Zorbags : le carissam.

Fardolc était en prison.

***

La porte de la cellule grinça. Un Alzibur au regard posé et majestueux pénétra à l'intérieur. Un garde solidement armé et sans doute rudement entraîné se tenait à ses côtés pour le défendre en cas d'attaque. Deux autres de ses semblables se tenaient devant la cellule et en surveillaient les entrées et sorties. Le reste de la forteresse devait sûrement être truffé de gardes. Le prisonnier n'osait penser à toutes les grilles, à tous les pièges, à toutes les défenses qui avaient été mises en place. Toutes les mesures avaient été prises de façon professionnelle pour contrer toute tentative d'évasion.

Fardolc n'avait de toute façon pas encore recouvré assez de forces pour pouvoir se résoudre à un tel acte. Ç'aurait été tellement facile... Donner quelques coups à droite et à gauche, puis éviter les autres... Mais l'alcool avait fait son œuvre et ne l'avait pas faite à moitié. Fardolc n'était pas en position de défense, encore moins d'attaque.

L'Alzibur qui était si bien escorté prit la parole.

« Vous allez subir un interrogatoire. Tâchez de répondre véritablement et directement. Vous n'ignorez pas que nous savons différencier le mensonge et la vérité et que nous savons délier les langues comme les vôtres avec des moyens subtils dont vous ne voudriez pas faire la connaissance. Suivez-nous, ne tentez aucun geste brusque. »

Fardolc ne parvenait pas à se lever. L'un des gardes le souleva sans ménagement et le lança sur son épaule, tête en bas. Un deuxième se plaça derrière le porteur pour contrer tout geste susceptible d'être indésirable, le troisième se plaça au-devant du cortège, devant l'Alzibur.

Pendant longtemps, ils progressèrent dans les dédales interminables de la forteresse. Il y faisait sombre, les torches accrochées aux murs ne jetant qu'une faible lueur tremblotante. La nuit dehors était noire comme de la poisse. Des escaliers, un corridor, un virage à droite, une intersection, encore des marches, puis encore d'autres, un couloir, un tournant à droite...

La progression n'en finissait pas.

Fardolc s'inquiétait. Si jamais il retrouvait ses forces, retrouverait-il la sortie ? Surtout que la tête en bas, ce n'était pas commode d'imprimer un véritable labyrinthe dans son esprit.

Le sang affluait dans la tête du prisonnier.

Il n'entendait plus rien, ne voyait plus rien, ne sentait plus rien...

Une vague inhabituelle lui traversa l'esprit. Une vague noire, qui envahissait et renversait tout sur son passage.

Il perdait ses sens, sa raison, son intelligence et tout moyen de réfléchir.

C'était la mort. La mort avait décidé que c'en était fini de cette créature. Fardolc poussa un gémissement résigné lorsqu'il comprit ce qui l'attendait. Il lança son dernier soupir au moment où ils arrivèrent devant la salle d'interrogatoire.

Fardolc était mort.

Chapitre 60
Sortie de l'auberge

L'Alzibur pesta. Son prisonnier était mort avant qu'il n'ait pu en tirer quelque chose.

Jhatersdaên soupira.

« Être conseiller du roi Kor Gànfiel n'est pas de tout repos tous les jours... » songea-t-il.

Il y a quelque temps, Jhatersdaên avait reçu comme mission d'accueillir à Ayfassac, la capitale du royaume des Alziburs, le groupe de la Cinq Espéry. Celui-ci avait près d'un mois de retard, désormais. En enlevant ce Zorbag qui semblait bien pressé d'arriver au Conralbor, il avait espéré en tirer au moins quelques informations, mais non. Rien. Rien de rien.

Il ordonna d'un ton las :

« Allez le mettre là où vous savez. »

Jhatersdaên fit demi-tour, suivi par deux gardes qui l'escortaient de près. Après avoir passé maintes grilles et maints contrôles, ils arrivèrent finalement devant l'immense porte qui était l'unique issue de la prison. Une trentaine de gardes la surveillaient et des patrouilles étaient effectuées très régulièrement, sans compter les gardes postés à chaque grille qu'il fallait franchir pour arriver au cœur de la prison.

« Il n'est pas encore né celui qui réussira à prendre d'assaut Dlansir D'rtaï ! » songea avec fierté l'Alzibur.

Il fallait avouer que la forteresse Dlansir D'rtaï était réputée dans tout Nawgëlsky pour n'avoir jamais subi une seule tentative d'attaque. On connaissait sa renommée par-delà les frontières et tous savaient que toute tentative d'assaut était vouée à la défaite.

Jhatersdaên sortit un petit parchemin d'une poche intérieure de sa cape grise et le montra au garde qui contrôlait les identités. On le laissa passer sous étroite surveillance. Le fait qu'il fut conseiller du roi ne lui accordait pas plus de facilité de circulation qu'autre. Néanmoins, certains inclinaient légèrement la tête sur son passage et il leur rendait leur salut.

Dehors, un palefrenier l'attendait, tenant par la bride un superbe cheval noir. Il monta en selle et partit au galop.

On aurait cru qu'il était seul mais des yeux affinés de guerrier auraient aperçu, au fur et à mesure de sa progression, des chevaux à quelques mètres de la monture de l'important personnage qui l'escortaient. L'Alzibur pouvait voyager sans crainte.

Il se rendait à cheval dans une auberge renommée de la ville la plus proche. Arrivé au lieu où il logeait, il demanda l'aubergiste. Celui-ci arriva, tout gêné et confus, se balançant d'un pied sur l'autre, sa toque à la main.

« Z'aurez b'soin d'mon service, Monseigneur ?

— Je quitte l'auberge demain. Que mon escorte soit prête ainsi que mes bagages.

— Comme voudra Monseigneur, touzours à vot'service quand besoin. »

Il fit une petite révérence maladroite, pirouetta sur lui-même, perdit l'équilibre, se rattrapa tant bien que mal et, d'un air de quelqu'un de fort assuré, il regagna son lieu de travail à grands pas.

Il s'était couvert sans le savoir d'un ridicule certain.

Jhatersdaên soupira et monta les escaliers qui menaient à l'étage des chambres. Il rassembla ses bagages dans un coin et s'étendit sur son lit après avoir soigneusement fermé la porte. Il n'aimait pas être dérangé quand il se reposait.

Il ferma les yeux. Son souffle se fit plus lent. Il relâchait le stress accumulé depuis un mois qui l'oppressait continuellement. Une brise fraîche entra par la fenêtre et lui fit oublier pour un instant ses soucis du moment.

Il rouvrit brusquement les yeux. Quelqu'un venait de frapper à la porte.

Il se leva en pestant intérieurement mais n'en montra rien.

C'était le capitaine de sa garde rapprochée.

« Excusez-moi de vous déranger, Monseigneur. Les soldats se demandent pourquoi nous levons le siège si vite. Voilà à peine trois jours que nous nous sommes posés dans cette ville après un grand voyage. Ils sont tous épuisés. Je crains qu'ils n'appréhendent le départ.

— Ils partiront. Dites-leur que je ne prends pas mes décisions à la légère et que si je les sollicite tant, c'est pour le bien et l'avenir de notre peuple. S'il le faut, je partirai seul.

— Monseigneur n'y pense pas ! Nous partirons avec vous.

— Bien. Je souhaiterais qu'on ne me dérange plus avant le départ, surtout pour de telles choses, et que l'on me monte mon repas. »

Sur ce, il ferma brusquement la porte.

Le capitaine haussa les sourcils, resta quelques secondes sur place et fit lentement demi-tour. Le conseiller pouvait être tranquille jusqu'au lendemain, on ne viendrait pas le déranger.

Aux aurores, Jhatersdaên se réveilla sans se sentir reposé. Il sortit pourtant de sa chambre et descendit rapidement les escaliers. La cape qu'il avait rapidement enfilée voletait majestueusement au-dessus de ses larges épaules.

Il se rendit à l'écurie et y retrouva sa monture.

Celle-ci avait déjà été sellée et chargée selon ses ordres. Son escorte était prête. Il mit pied à l'étrier.

Dans la faible lumière de l'aube, le groupe s'éloigna discrètement pour repartir vers la capitale.

Le conseiller allait devoir attendre l'arrivée de la Cinq Espéry.

Chapitre 61
Douloureux réveil

Danôlk remua dès que le soleil se fut montré.

Son poignet lui faisait un mal atroce. Des douleurs vives lui zébraient tout le corps. Il s'assit par terre tant bien que mal. Il mit un peu de temps avant de s'habituer à la lumière.

Les feux de camp étaient en train de mourir. Les borivacs avaient disparu.

Danôlk ferma les yeux et inspira longuement. À l'aide d'un hamàn médiocre, il guérit superficiellement son poignet. Le Vurcolisse s'ausculta des pieds à la tête pour établir un diagnostic des blessures qu'il avait reçues lors de sa chute. Des plaies le striaient de partout, sa tête était lourde et une belle estafilade ornait sa jambe gauche. Il n'eut pas beaucoup de mal à se rappeler qu'avant de s'évanouir, il s'était aperçu que son poignet était cassé.

Il observa alors en détail ce qui l'entourait. Ce qu'il vit n'était que désolation. Çà et là gisait un de ses compagnons, tous évanouis, ou peut-être... morts ? Danôlk secoua la tête. Il préférait ne pas faire de conclusions trop hâtives. Il leva les yeux pour chercher ceux qui manquaient. Il remarqua Ijylda, Puzdag et Cartiofs qui pendaient, la tête en bas, tenus par des racines d'arbres. Danôlk se leva d'un bond, saisit sa hache en gémissant de douleur et se précipita vers ses compagnons. Il leva sa hache et, la renforçant avec un hamàn, trancha net les liens qui retenaient le Zorbag et les Karim.

« Vous, les deux Karim, allez vous occuper des autres. »

Ijylda et Puzdag, enfin libres, s'éloignèrent rapidement vers les Êtrarù qui avaient besoin de soins en urgence. Le Vurcolisse, quant à lui, positionna Cartiofs la tête en haut, dans le sens de la pente. Le sang qui s'était accumulé dans le haut du corps put enfin circuler dans le reste des veines. Danôlk constata avec soulagement, après un examen rapide, qu'ici il n'y avait aucun poison à l'œuvre. Le Zorbag s'en sortirait sans peine. Mais le Vurcolisse ne regarda pas, il y avait tant à faire. Il vit, à quelques mètres devant lui, Elëa et Bosco qui gisaient, inertes. Il se précipita à leur chevet. Laïgo le rejoignit en courant.

« Puzdag m'a réveillé. Je suis complètement remis. Que puis-je faire ?

— Occupe-toi de Bosco, je regarde Elëa. »

L'Alzibur s'agenouilla aux côtés de l'Humain. Il l'examina de près et vit que, hormis quelques blessures légères, Bosco n'avait pas trop souffert. Il semblait plutôt sans force. Ce qu'il avait donné n'était pas physique mais intérieur. En fronçant les sourcils, Laïgo devina ce que le jeune homme avait fait. Danôlk se leva pour aller aider d'autres personnes. Laïgo observa Elëa qui se réveillait doucement. Sans Bosco, elle ne serait peut-être plus de ce monde à l'heure qu'il était.

Laïgo ferma les yeux et transmit au jeune Humain un peu de sa vitalité, juste ce qu'il fallait pour que lui-même ne s'évanouisse pas et pour que Bosco recouvrât suffisamment de forces. L'Humain cligna des yeux et se réveilla complètement. Laïgo lui résuma rapidement la situation et une seconde après, Bosco était debout. Il s'assura qu'Elëa allait bien. Elle lui répondit qu'elle se portait mieux mais qu'elle n'était sauvée que momentanément. Le poison de l'arbre avait en elle presque achevé sa sinistre besogne. Le jeune homme la laissa à regret et alla aider les Karim, Dêlikiar et ceux qui étaient sur pied et qui s'activaient dans le cratère.

Quelques heures plus tard, ils étaient prêts à repartir. Les blessés furent mis sur leur monture et le triste cortège s'en fut entre les arbres.

Chapitre 62
La porte de pierre

Les chevaux avançaient rapidement, trop heureux de s'éloigner enfin du sombre, répétition endroit. Tout au long du trajet, Gayma prodiguait des soins tant bien que mal aux blessés. Rawgel et Bosco l'assistaient comme ils pouvaient.

Boldemire leur avait assuré qu'un petit village non mentionné sur la carte se trouvait près d'eux. Sans doute y aurait-il le médecin du village qui pourrait donner des soins approfondis à ceux qui en avaient besoin. Il fallait à tout prix qu'ils trouvent ce village.

***

« Je ne comprends pas, le village devrait être ici…

— Dites, c'est moi qui ai un problème ou c'est la troisième fois qu'on passe devant ce gros arbre ?

— Boldemire, on n'est pas obligés de trouver le village, renchérit Gayma. Si on perd du temps pour le *chercher*, je ne pense pas que ce soit une bonne idée de continuer les recherches. Nous sommes sûrs de la position de Jyntaïmor, allons-y. Je sais que tous les blessés sont mal en point, mais on ne peut pas se permettre un tel retard. »

L'Alzibur interpellé soupira longuement. Il était pourtant certain qu'il y avait un village dans les environs. Sans doute n'étaient-ils qu'à une heure ou deux de marche, mais il fallait se l'avouer : ils ne pouvaient s'attarder plus longtemps. Dêlikiar soutenait cependant l'idée qu'il y avait un village non loin. Il abandonna les recherches. Déçue de voir anéanti leur espoir, la petite troupe reprit tristement sa route.

Vers l'heure du déjeuner, ils entendirent un grincement continu qui s'approchait d'eux. Ils s'arrêtèrent pour regarder de quoi il s'agissait. Bientôt parut devant eux une petite charrette en bois dont les roues chantaient en effectuant leur rotation. Le véhicule était tiré par un âne vieux comme la terre et conduit par un homme très maigre qui sifflotait d'un air gai. La charrette était remplie de tonneaux qui semblaient remplis. En voyant les guerriers dont il croisa la route, l'homme tira sur ses rênes.

« Hé Cocotte ! lança-t-il à sa mule. On fait une pause. V'là ben qu'on avance pas vite, pas vrai, Cocotte ? Bien l'bonjour, messieurs et gentes dames, sourit-il ensuite à la ronde. V'là ben qu'vous faites mon ch'min demi-tour, hé ? C'est jour de marché au village, aujourd'hui, j'v'zexpliqu pas l'monde qu'y a ! J'ai dû prendre un aut'chemin, pa'ç que sinon Cocotte elle était pas contente. Hein, Cocotte ? »

L'animal se mit à braire à fendre l'âme.

« Hoho, tu fais ta difficile, hein ? Ces carottes, j'aurais p'têt ben pas dû t'les donner. »

Bosco réussi enfin à placer une phrase.

« Excusez-nous, monsieur, mais…

— M'sieur ? Connais pas. Moi c'est Gérard, un Humain. Bien le b'jour. Vous m'avez l'air sympa, vous !

— Monsie… euh, Gérard, s'il vous plaît. Y a-t-il un village dans cette direction ?

— En v'là ben une question ! Sûr qu'y en a un mais faut pas m'en vouloir, j'ai oublié son p'tit nom !

— Merci infiniment ! »

Le marchand leur parla encore quelques minutes et, enfin, ils réussirent à prendre congé et s'éloignèrent rapidement.

Au milieu de l'après-midi, Gayma s'écria :

« Regardez là-bas ! Le village ! »

Tous soupirèrent de soulagement. Enfin, ils allaient refaire leurs forces et leurs blessés allaient être soignés. Ils déboulèrent dans le village presque au pas de course.

Ils arrivèrent bientôt sur place.

Comme l'avait dit Gérard, c'était jour de marché aujourd'hui et il y avait beaucoup de monde. Au bout de trois tentatives infructueuses, une femme portant un enfant leur indiqua le médecin renommé de la ville.

Quelques allées plus loin, Bosco et Cartiofs, en tête, trouvèrent l'adresse qu'on leur avait donnée. La rue était large, passante et un joyeux brouhaha leur emplit les oreilles. La troisième maison à gauche ne possédait aucune porte, juste une clochette. Seul un petit écriteau qui se trouvait à côté disait :

« Si besoin, sonnez. »

Aucune forme de politesse. Ils ne savaient que faire. Ils décidèrent de suivre les consignes de l'écriteau malgré tout, mais rien ne se passa. Pas plus que la minute suivante ni celle d'après. Découragés et ne sachant que faire, ils décidèrent de sonner une seconde fois. À nouveau, ce fut en vain : aucune porte ne s'ouvrit pour les accueillir. Déçus, ils firent demi-tour tristement. Mais un grondement se fit entendre dans leur dos. Se retournant, ils virent qu'un pan du mur avait disparu, laissant place à un grand tunnel obscur qui s'enfonçait jusqu'à un endroit qu'ils ne voyaient pas. Se regardant les uns les autres, alors que le soleil entamait sa descente derrière les collines, ils s'engouffrèrent par la petite porte de pierre.

Chapitre 63
Fioles et potions

Ils ne purent tout d'abord avancer qu'à tâtons. Puis des torches furent allumées comme par enchantement. Mais la lumière ne leur révéla rien de nouveau. À part les torches, les murs du corridor qu'ils longeaient étaient nus et d'un noir profond. Au bout d'une longue minute de marche facile, ils débouchèrent finalement dans une vaste salle souterraine.

Il y avait des tables de bois un peu partout. Elles étaient couvertes de fioles et de potions colorées qui pétillaient, brillaient ou même bouillonnaient énergiquement pour certaines. Le sol était jonché de détritus bizarres. Des armoires plus ou moins minutieusement élaborées renfermaient des ingrédients de toutes sortes, mystérieux et incongrus. Des alambics parvenaient à se trouver une place dans tout ce joyeux bazar.

Bosco et ses compagnons étaient entrés dans le repère d'un apothicaire.

Pourtant, un coin de la pièce semblait lavé, entretenu et soigné, qui contrastait étrangement avec le reste de la salle. Il y avait cinq petites banquettes alignées les unes à côté des autres, qui servaient sans doute de couchettes aux clients les plus nécessiteux.

De la pénombre sortit une petite femme aux cheveux grisonnants. Elle était petite et plutôt arrondie. Entre ses pommettes joufflues, il y avait son nez extrêmement petit et en pointe sur lequel reposait un petit binocle cerclé d'or. La femme était vêtue d'une petite robe de campagne à carreaux rouges et blancs. Recouvrant l'habit tant bien que mal, un petit tablier blanc tout maculé était noué derrière sa nuque et sa taille.

« Bonjour », les accueillit-elle.

Sa voix était amicale mais elle était si rocailleuse que les visiteurs furent surpris qu'un tel timbre puisse sortir de cette petite dame.

« Si vous avez sonné par deux fois, c'est que c'est urgent. Qu'est-ce qui vous amène ? »

Ils n'eurent pas le temps de répondre. Elle avait déjà aperçu tous les blessés inanimés ou à peine conscients qui gisaient sur leurs montures.

« Eh ben, ils sont pas jolis jolis, vos amis. Ils sont combien ? Cinq ? Vous avez de la chance, j'ai juste cinq lits. Mais vous, mademoiselle, susurra-t-elle en désignant Gayma, je vous boucle votre affaire en une heure. Vous avez pas mal d'hématomes, mais j'ai ce qu'il vous faut pour que vous vous en sortiez vite. Et vous, jeune homme, dit-elle à Boldemire, c'est la même chose. Votre poignet cassé va vite se rétablir et je vais vous apprendre à faire un bandage digne de ce nom. »

Elle ajusta ses petites lunettes et se pencha sur le bras de Boldemire.

« Pas terrible, votre affaire… Bon bref. Comment s'appellent les trois autres blessés ? L'un sur un trolysaf, l'autre sur un cheval, le dernier sur un rataïs… Dites-moi, c'est tous les peuples, qui sont réunis ici ! Bon, revenons-en à nos moutons. Comment s'appellent-ils ?

— Le Zorbag s'appelle Taziey, il a reçu un coup au ventre. L'Alzibure s'appelle Elëa, du poison court dans ses veines et le Vurcolisse s'appelle Falimos, il a été traversé par quelque chose de tranchant.

— C'est pas une belle histoire d'amour ce que vous me racontez là ! Et puis ce mystère que vous gardez… je ne veux pas être indiscrète. »

Les présentations furent faites mais l'apothicaire garda son nom pour elle.

« Allez hop, je vous les prends tous. Conscients ou pas, les blessés vont devoir s'allonger sur les cinq lits. Je vous rendrai Gayma et Boldemire dans la soirée.

— Quand pensez-vous que les autres seront rétablis ?

— Dans au moins une lune environ.

— Mais… c'est que nous ne pouvons nous attarder plus d'une semaine !

— Je ferai mon possible mais sachez que je ne fais pas de miracles ! Sauf si j'utilise des hamàn… Dans ce cas seulement, dans une semaine, ce sera fini. »

Ils soupirèrent de soulagement et prirent congé du médecin.

***

Chapitre 64
Filature

Bosco sortit furtivement de l'auberge. Puis il se glissa dans la foule et suivit son mouvement, bien qu'elle fût moindre à cette heure tardive. L'Humain ne devait pas attirer l'attention : ses compagnons comptaient sur lui.

Voilà cinq jours qu'Elëa et Falimos étaient chez l'apothicaire qui leur prodiguait des soins attentifs. La plaie de Taziey avait désormais laissé place à une belle cicatrice inoffensive et le Zorbag avait quitté la petite dame pas plus tard que la veille. L'apothicaire avait tout de même demandé à ce que leurs amis viennent voir les blessés restant une fois par jour. Elle avait assuré qu'ils se remettraient plus vite et mieux. Chaque soir, donc, ils allaient tour à tour les voir et ce soir-là, c'était au tour de Bosco.

Enfin, le jeune homme quitta la population pour aller quelques rues plus loin. Il sonna trois petits coups répétés comme convenu et pénétra dans le corridor qu'il connaissait désormais parfaitement.

L'apothicaire accueillit Bosco en souriant. Elle était assise au chevet des malades. Falimos dormait mais Elëa semblait éveillée. Elle se retournait de temps à autre, en proie à la fièvre. Le médecin se leva doucement et s'éloigna vers une grande armoire dont elle ouvrit les portes en grand. À l'intérieur se trouvaient les potions déjà prêtes. Elle fouilla entre les fioles, en souleva plusieurs pour lire les étiquettes, fit tomber plusieurs flacons au passage et brandit enfin triomphalement la mixture qu'elle cherchait. Cette dernière était de couleur grise, et elle était striée de temps en temps par des petits éclairs dorés comme si la potion était agitée par des spasmes électriques.

La petite dame s'approcha d'Elëa allongée sur sa banquette. Délicatement, elle lui entrouvrit les lèvres et lui versa, goutte à goutte, le quart de la potion. L'Alzibure tressaillit légèrement, puis sa respiration s'apaisa et elle s'endormit d'un sommeil réparateur.

***

La nuit était tombée lorsque Bosco sortit. Il continua sa progression vers l'auberge quand il remarqua une ombre suspecte qui le suivait à une distance raisonnable. Mais il la repéra malgré les précautions de l'inconnu. L'ombre était petite, furtive. Ce devait être un jeune garçon. Bosco le testa plusieurs fois, s'arrêta, fit demi-tour, entra même une fois dans une boutique. Quand il en ressortit quelques minutes plus tard, le jeune garçon était toujours là.

Aucun doute, Bosco était suivi.

Il accéléra le pas et rejoignit à nouveau la foule dans laquelle il se fondit. Une fois certain que son poursuivant l'avait perdu, il se mit à courir. Au bout d'un moment, il s'arrêta net devant la porte de l'auberge et s'y engouffra précipitamment.

Il claqua la porte derrière lui avec soulagement.

« Ah, Bosco ! Des nouvelles ?

— Ils vont de mieux en mieux. »

L'Humain préféra ne parler à personne de l'évènement qui était venu perturber la soirée tranquille de peur d'effrayer ses amis.

Le jeune garçon ne méritait pas non plus d'être pris en flagrant délit, il ne devait pas agir de son propre chef. Il devait être commandé par une autorité supérieure à la sienne, ce n'était pas à lui de payer.

Chapitre 65
Poignard tranchant

Le jeune garçon regarda de tous côtés et réprima un soupir de rage. Le guerrier avait disparu. Il fit demi-tour, la tête rentrée dans les épaules, les mains dans les poches. Il tourna encore quelques rues, quitta le village d'un ou deux mètres, puis stoppa devant une porte entre les arbres. C'était la porte d'une petite cabane, construite à la va-vite. Il avait hâte de revenir de sa mission pour pouvoir retrouver une demeure et un lit confortables. Au moment où il allait pénétrer dans sa masure, une poigne puissante le saisit par l'épaule et le tira en arrière. On lui plaqua une main contre la bouche, on lui noua un foulard autour des yeux et il se sentit transporté loin de sa cabane.

Au bout de quelque temps de course, les jambes de l'homme qui le portait s'arrêtèrent. On lui retira son foulard et la main qui le tenait au silence.

Le garçon tremblait de tous ses membres. L'un des quatre hommes qui l'avaient accompagné lui demanda d'un ton rude :

« Qui es-tu ?

— Je… je suis Gurzute.

— Qui suivais-tu ?

— Euh… personne.

— Vraiment ? »

Ce disant, l'homme sortit un petit poignard acéré et en appuya la pointe sur la gorge de Gurzute. Celui-ci gémit.

« Qui suivais-tu ? »

Gurzute se mit à pleurer.

La lame allait bientôt le faire saigner. Il n'aimait pas ça du tout. Il grinça :

« Il… il s'appelle Bosco !

— Et où allait-il ?

— Je… je ne sais pas !

— Où allait-il ? »

L'homme pesa bien chacun de ses mots. Gurzute saignait. Beaucoup trop.

« Il a déambulé dans la ville. Je crois qu'il a pénétré dans une auberge. C'est tout ce que je sais. »

Il parlait vite. Il fallait gagner du temps. C'était sa vie qui était en jeu.

« Et qui t'a envoyé ?

— C'est…

— Qui ?

— C'est Yougnamar ! »

L'homme eut un sourire de satisfaction. Il retira son poignard. Le garçon soupira de soulagement.

Mais d'un geste sec, l'homme lui planta son arme dans le cœur. Le garçon horrifié porta la main à son ventre et tituba, puis il tomba en arrière et s'écroula, une dernière fois.

Il était mort.

***

Chapitre 66
Attaque imprévue

Le lendemain, lorsque Laïgo s'apprêtait à sortir pour aller visiter les malades, Bosco l'aborda.

« Laïgo, veux-tu que j'y aille à ta place ?

— Non, ne t'inquiète pas. Tu y es déjà allé hier et ça ne me gêne pas. »

Bosco réfléchit à toute vitesse. Il voulait y aller de son propre chef pour mettre à jour le mystère qui planait autour de l'évènement d'hier. Il devait convaincre l'Alzibur de le remplacer. À force de supplications, Laïgo laissa Bosco y aller à sa place. L'Humain sortit précipitamment, sans voir que Laïgo le suivait de près. L'Alzibur voulait à tout prix découvrir ce qui tracassait Bosco…

***

Bosco arriva sans accident. Il arriva devant la maison de la petite dame. Il sonna mais avant qu'il n'ait pu donner le troisième coup, la porte s'ouvrit : il était attendu.

Il se glissa à l'intérieur du corridor et le mur reprit sa place derrière lui.

***

Laïgo regarda Bosco disparaître derrière le mur. L'Alzibur n'avait rien remarqué d'anormal. Pourtant, en faisait son demi-tour, Laïgo fut sûr qu'il y avait quelque chose à redouter : il avait comme un mauvais pressentiment. Soudain, il se glissa subrepticement derrière un arbre au large tronc : il venait d'apercevoir un groupe d'hommes armés qui avaient l'air mal intentionnés. Il les prit discrètement en filature. Ils avaient l'air très sûrs de l'endroit où ils allaient ; ils ne prirent pas la précaution de regarder dans leur dos. Laïgo s'aperçut rapidement qu'ils allaient dans la direction de la maison de l'apothicaire. Était-ce cela que Bosco redoutait ? Quoi qu'il en fût, l'Alzibur ne pouvait se permettre de les laisser faire. Son cœur se mit à s'accélérer. Il ne pouvait prendre le risque de les attaquer seul ni de perdre du temps en allant chercher du secours. Il continua donc à les suivre, en réfléchissant au moyen qu'il pourrait prendre pour aider son ami.

***

Bosco avait fini sa visite et il prit congé de l'apothicaire et d'Elëa qui était bien réveillée et qui allait mieux. Il allait mettre sa cape pour lutter contre le froid nocturne quand il entendit un bruit sourd et répété. Le son avait également attiré l'attention de la petite dame et d'Elëa. Bientôt, un craquement effroyable survint puis des cris se firent entendre. Des personnes approchaient et elles n'avaient pas l'air pacifiques. Bosco dégaina aussitôt son épée. Il la tint fermement de ses deux mains et se tapit contre un mur où il serait hors du champ de vision des arrivants. Bosco ferma les yeux en attendant. Il en était certain : la filature du jeune garçon hier soir avait un lien avec cette attaque imprévue. À un contre vingt, avait-il seulement une chance de s'en sortir ? Certainement pas et le jeune homme en avait bien conscience. Il regarda la belle Alzibure, qui désemparée et sans force, ne pourrait pas se battre. Il allait combattre pour ses amis. Il allait tout donner. Pour eux.

Pour elle.

Chapitre 67
Éclats de verre

Quand le troisième homme eut déboulé dans la salle, Bosco se jeta dans son dos.

Il essaya de ne pas le blesser trop sérieusement. Il réussit bien pour les trois premiers, en leur blessant la cuisse, le bras et le poignet. Ils étaient mis hors d'état de nuire mais avaient toutes les chances de s'en sortir indemnes après la bataille. Mais dès que les autres chargèrent le jeune guerrier, cela devint plus difficile. Bosco avait pensé qu'ils seraient mal entraînés. Au contraire, la plupart possédait sans aucun doute une expérience plus grande que ce que le jeune homme avait d'abord imaginé. Bosco frappait de tous côtés. Son épée transperçait fer et chair.

Mais ce fut trop beau pour durer. Un homme barbu s'approcha de l'Humain. Dans son cœur, une haine farouche. Dans son regard, une cruauté sans limite. Sur ses lèvres, des mots de mort. Enfin, son épée croisa celle de Bosco. Les lames glissèrent l'une contre l'autre. Le jeune homme devait tournoyer sur lui-même pour dévier toutes les attaques qu'on lui adressait. Celui qu'il affrontait de front était un expert en la matière. Si Bosco n'avait pas suivi un entraînement des plus sérieux, jamais il n'en serait sorti vivant. Au bout d'un moment, il fut obligé de reculer pour ne pas avoir à affronter la mort elle-même. Après

229

un pas en arrière, puis un autre, Bosco se trouva accolé contre le mur, sans aucun espoir de trouver une échappatoire. Comme pour le préparer à un trépas certain, Bosco fut désarmé. Son épée vola à travers la pièce, tombant tout à fait hors de sa portée, provoquant des éclats de verre cassé. L'Humain vécut l'instant au ralenti. Si aucun miracle ne survenait, sa vie s'achevait là.

**

Laïgo pesta. Il trépignait. Un long convoi interminable de marchandises sortait du village. Malgré toutes ses protestations et ses menaces, il devait attendre la fin du cortège. Quand, trois longues minutes plus tard, il put enfin reprendre sa route, l'Alzibur le fit au pas de course. Il allait arriver trop tard.

**

Bosco vit sa vie défiler devant ses yeux. Son adversaire n'attendit pas. Il abattit directement son épée. Bosco eut tout juste le temps de rouler sur le côté. Les débris tranchants de verre lui entaillèrent la peau profondément. Réprimant sa douleur, il se releva et voulut récupérer son arme, mais l'effet de surprise qu'avait produit sa parade avait déjà disparu.

Bosco joua des poings et des coudes. Il saisit une épée. Elle appartenait à un adversaire qu'il avait décimé. Mais désorienté par la teneur inhabituelle de la garde entre ses doigts, il ne put faire preuve de la maîtrise de l'épée qu'il possédait. Il regardait de temps à autre son épée qui gisait, par terre, et que personne n'avait songé à prendre. Il jeta un coup d'œil pour voir Elëa, Falimos et l'apothicaire. Ils avaient tous trois disparus. Bosco remarqua une petite porte entrouverte dans un coin obscur de la salle que ses attaquants n'avaient apparemment pas remarquée. La soigneuse avait eu la bonne idée de se mettre en sécurité. Mais si Bosco perdait le combat, les attaquants n'auraient aucune peine à retrouver une vieille femme et deux blessés en fuite. Ils ne pouvaient être bien loin. Ils étaient en danger, sauf si les hommes n'en voulaient qu'à l'Humain. Bosco se battit de plus belle, mais à ce rythme il ne tiendrait pas longtemps.

Chapitre 68
Hamàn à l'action

Bosco regarda son épée. Tout en combattant avec l'arme intermédiaire, Bosco fut certain qu'il y avait un moyen de récupérer sa propre lame. Il s'aperçut brusquement de sa fatale erreur : il avait négligé l'yhlamàn.

Ses adversaires virent alors son épée se lever dans les airs et rejoindre sa main.

Puis l'Humain incanta une gigantesque vague qui roula dans le corridor, éteignant les torches à mesure de son passage. Bosco serra les poings et se créa une sphère de protection pour lui éviter de succomber à sa propre attaque. Au grondement, les hommes s'arrêtèrent. La peur se lisait sur leurs visages. Certains comprirent à temps ce que l'Humain tramait et parvinrent à se trouver un endroit qu'ils pensaient inatteignable par l'eau. Enfin, la lame d'eau surgit. Elle était plus grande que ce que Bosco avait imaginé. L'impact fut terrible. Il grinça des dents. Quand enfin la force du flot fut stoppée par les murs, Bosco se mit à décimer tous ceux que la surprise n'avait pas encore lâchés. Il en désarma beaucoup, mais les autres revinrent rapidement à la charge. Bosco ne pouvait se permettre de lancer un nouvel assaut de cette ampleur. Sans qu'il l'ait prévu, il s'était épuisé.

***

Laïgo entendit un grondement sourd qui provenait de la rue qu'il voulait atteindre. Il redoubla de vitesse.

**

Si Bosco n'avait pas prévu ce manque de forces, il n'avait pas prévu non plus l'effet secondaire et pour lui providentiel que suscita sa vague. Certaines fioles, ayant explosé sous l'importance de l'impact, dégagèrent des liquides acides qui brûlèrent trois hommes. Ils tombèrent sur le coup. L'épée de Bosco dansa de plus belle d'une chorégraphie mortelle.

**

Laïgo atteignit enfin son but. Le mur était écroulé ; l'entrée était libre. Il s'y précipita sans réfléchir.

**

Bosco frappait de tous côtés. Cette fois-ci, c'était fini. L'homme à la barbe l'aborda brutalement. Il avait décidé d'en finir avec ce tout jeune Humain qui les tenait en échec. Bosco fut attaqué par cinq hommes à la fois. Soudain, l'homme barbu s'arrêta net et se retourna, avec sur le visage une expression d'effroi. Dans son dos étaient plantées deux flèches. Les hommes restants, voyant que leur meneur était mort, se sauvèrent sans demander leur reste.

Laïgo était arrivé.

Bosco le regarda avec un sourire reconnaissant. Puis le jeune homme chancela sur ses jambes avant de s'effondrer sur le sol. Il s'était battu jusqu'au bout.

Chapitre 69
Le présent de l'apothicaire

La gorge de Bosco fut envahie par un goût acide. Il toussa.

La première chose qu'il vit fut un petit visage rond qui esquissait un large sourire. La petite dame se redressa. Elle reposa la gourde dont le goulot avait pénétré entre les lèvres du jeune blessé.

Bosco se redressa sur sa couche. Il regarda autour de lui, et vit une grande pièce couverte d'un bazar indescriptible : des armoires renversées, des placards cassés, des bouts de verre éparpillés aux quatre coins de la salle, du liquide tantôt vert, rouge ou jaune, tantôt bleu, mauve ou gris et d'autres couleurs encore que Bosco ne connaissait pas. Un feu crépitait dans l'âtre et était la seule source de lumière et de chaleur. Des poutres soutenaient le large plafond. À part le lit sur lequel il était allongé, il y en avait quatre autres, tous vides.

La petite dame le regarda et lui dit :

« Vos amis sont guéris. Ils vous attendent. Je crois que vous n'allez pas tarder à reprendre la route. »

Sans plus de manières, elle lui tendit une autre gourde. Il but. Le goût de la mixture lui faisait penser à celui de l'aventure. Il était prêt à repartir.

Il remercia la guérisseuse. Son esprit était encore un peu embué. Elle le regarda en souriant.

« Vous vous êtes vite remis, mais ne tardez pas plus longtemps. Vous avez pris beaucoup de retard. »

Laïgo et Rawgel arrivèrent à cet instant pour venir chercher leur ami. Lorsque ce dernier se mit debout sur ses jambes, il ne sentait plus aucune douleur ni aucune fatigue.

L'apothicaire les salua une dernière fois d'un signe de tête, tourna les talons et disparut par la petite porte au fond de la pièce.

Bosco regarda ses amis. Il alla chercher sa cape, posée en plein milieu de la pièce, la posa sur ses épaules. Il s'approcha de la sortie, ses deux compagnons le précédaient.

Au milieu du passage, ils trouvèrent une singulière sacoche avec un petit papier posé dessus.

À la lueur des torches, ils lurent « Bonne chance » gribouillé à la hâte.

Ils ouvrirent la sacoche. Elle contenait des fioles innombrables de potion. Chacune des fioles était notée d'une petite étiquette. C'étaient des baumes aux bienfaits multiples. L'apothicaire leur avait laissé là un précieux cadeau.

Reconnaissants, ils ramassèrent le présent en remerciant intérieurement la dame dont ils ne connaissaient même pas le nom et qui leur avait sauvé la vie.

Chapitre 70
Éveil

Walsckhum, peu assuré, regarda une dernière fois Malgkam, pour se donner du courage. Il était le seul à ne pas s'en sentir capable. Et pourtant, cette paire d'yeux confiants lui apporta la dernière dose d'encouragement dont il avait besoin pour se décider.

Assis sur son lit sur lequel il était resté cloué pendant deux semaines, il n'hésitait maintenant plus : il allait se lever.

Un premier pied par terre, puis un autre, Walsckhum prit une grande inspiration et s'appuya sur ses jambes frêles. Il fut déséquilibré un court instant. Gurguve accourut pour lui donner son bras puissant sur lequel il put s'appuyer. Avec ce soutien, Walsckhum avança avec plus d'assurance. Pas à pas, il quitta la case qui l'avait abrité durant tous ces jours.

Le premier son du dehors qui l'accueillit fut un joyeux aboiement de Mafibou. Puis certaines personnes vinrent assister au début de la nouvelle vie qui s'offrait au jeune homme. Ce dernier en reconnut quelques-unes avec qui il avait lié connaissance durant sa convalescence. Bientôt, la moitié du village fut présente. Les seuls grands évènements qui perturbaient sa vie tranquille étaient quand des guerriers revenaient avec une personne retrouvée dans Envaya ; l'autre, quand cette personne voyait pour la première fois depuis longtemps la lumière directement sur son visage.

Puis, après ces premiers pas confiants, Walsckhum lâcha le bras de Gurguve. Il réussit à avancer, moins vite certes, mais quand même d'un pas régulier.

L'une des plus grandes joies de Walsckhum ce jour-là fut de marcher dans l'herbe pieds nus. Il tomba à genoux devant la simplicité enfantine de ce spectacle qui lui redonnait tant confiance.

Le dernier rayon de soleil sortit à cet instant d'entre les montagnes à l'horizon, éclairant le feuillage d'un arbre millénaire. Un vol d'oiseaux sauvages resplendissant de couleurs passa au-dessus des têtes dans un bruissement d'ailes. Des pétales de roses tournoyèrent, portées par le souffle du vent. La première pomme de la saison tomba d'un arbre, plus loin.

Walsckhum riait. Il pleurait aussi, il ne savait pas trop comment réagir face à tant de révélations des beautés du monde.

Walsckhum reprenait goût à la vie.

Chapitre 71
La Forêt Noire

Danôlk était pensif sur son trolysaf. Il songeait à Dêlikiar, accompagné de Taziey et Cartiofs, qui les avait quittés la veille, appelé d'urgence à Ayfassac par le roi Kor Gànfiel.

« Je reviendrai vite ! » avait-il promis.

Les yeux globuleux du trolysaf scrutaient tout autour de lui pour tenter de percevoir quelques insectes à croquer. Ses écailles marron s'écartaient au rythme régulier de sa respiration.

Bosco talonna sa monture et alla aborder son camarade.

« Faìyn ! » salua-t-il.

Danôlk éclata d'un rire rocailleux comme il savait le faire.

« Bonjour ! répondit-il. Vous avez fait des progrès ! Mais, sans vouloir vous décourager, l'accent n'est pas encore excellent.

— Tout comme vous, maître Vurcolisse ! Nous n'avons pas l'habitude de cette rudesse dans la prononciation. Nous y sommes moins brusques. »

Depuis quelque temps, Bosco avait appris quelques mots de la langue Vurcolisse et il s'entraînait auprès de ses amis.

Ils profitèrent de leur présence mutuelle. La réserve de Danôlk n'avait pas fini de déconcerter Bosco. Les lianes avaient pris possession de cette partie de la forêt. Elles y pullulaient, même. Le Vurcolisse grommela :

« Rappelez-moi ce qu'on est venu faire dans ce trou pourri ?

— Walsckhum. Le descendant du général des Alziburs », répondit simplement Bosco.

Danôlk soupira mais ne dit plus un mot. La beauté sauvage des arbres leur fit lever la tête. Des lianes épaisses s'entrelaçaient pour former des tissages étranges. Les rayons du soleil venaient arroser le sol en perçant bravement mais de plus en plus rarement l'épaisse ramure que conférait le beau feuillage des arbres. Des oiseaux inconnus pépiaient sobrement, cachés dans les feuilles mortes. Il n'était désormais pour le groupe des voyageurs plus question de mettre pied à terre. Elëa leur avait assuré que c'était trop dangereux. Les chevaux étaient immunisés contre toute piqûre mais les Êtrarù pouvaient en mourir.

Aussi, quand des hurlements de loups sauvages leur firent tourner la tête et sortir lestement les armes, aucun d'entre eux ne descendit de sa monture.

Haches, épées, lances, boucliers furent dans les mains où une seconde plus tôt ils n'étaient pas. C'était toute une meute qui les avait repérés.

***

Les loups couraient. Ils étaient immenses. Leurs proies les avaient sentis, ils en étaient certains. Maintenant, leurs chevaux étaient lancés au galop. Mais ils ne leur échapperaient pas.

Sans doute, ces bêtes couraient à leur mort en s'attaquant ainsi à des guerriers. Mais on lisait dans leurs yeux rouges la fureur haineuse qui ne les abandonnerait qu'à leur dernier souffle. Une obsession : tuer. Ils n'avaient plus que ça en tête.

S'ils devaient mourir, ils mourraient. Ces loups-là avaient un certain sens de l'honneur. Quand ils avaient promis quelque chose à faire, ils le faisaient, vite et bien, jusqu'au bout, dussent-ils tout y laisser. Le chef de la meute hurla, un appel qui vint se répercuter contre les épaisses écorces. Ici, ils étaient les rois. Ils vaincraient et rien ne les en empêcherait.

Des deux côtés, les combattants étaient prêts à se battre.

Chapitre 72
La meute

La première ombre se montra en plein jour et se jeta sur Comète. Le loup fut stoppé en plein bond par un poignard fiché dans son gosier. Le combat venait de commencer.

Les forces de la meute déferlèrent sur le petit groupe. Surgissant d'entre les arbres, par des cris sauvages, ils étaient redoutables, gigantesques. Une énorme sphère d'yhlamàn mauve fonça sur la première vague. En éclatants, les milliers de particules qui retombèrent brûlèrent vif les bêtes qui en furent atteintes. Dans des glapissements plaintifs, elles rebroussèrent chemin. Les loups ne prirent ces menaces que pour une petite introduction. La vraie partie allait bientôt se jouer, mais pour l'instant ils ne faisaient que fatiguer les montures et les cavaliers. Ils mordaient simplement dans l'avant-goût de la victoire et du sang chaud. Les babines retroussées, ils montraient leurs dents d'un blanc éclatant reluire au soleil et refléter la lumière que bientôt leurs proies ne verraient plus jamais. Ils avaient eu la permission de dévorer les montures sans pour autant faire du mal à leurs cavaliers. Ijylda et Puzdag s'étaient matérialisés en non-d'air, c'était le moyen le plus sûr d'en défaire le plus possible. Les bêtes suivantes étaient plus enragées et plus sauvages. Bosco, ne faisant qu'un avec Bringad, faisait tournoyer son épée au-dessus de sa tête. Lorsqu'il était à cheval, il était plus à l'aise avec l'yhlamàn. Le premier hamàn qu'il avait lancé lui avait tout de même coûté quelque énergie.

Trois loups lui sautèrent dessus d'un seul assaut : l'un sur le dos, l'autre sur la cuisse et le dernier sur le thorax. L'un des trois parvint à le mordre puissamment au bras. Réprimant une plainte de douleur, Bosco invoqua un bouclier. Celui-ci fit rebondir les bêtes enragées à quelques mètres de là. Deux d'entre eux ne s'en relevèrent pas. D'un geste puissant du bras et d'une lance encore vibrante dans le cœur d'un loup, Bosco constata avec inquiétude que les ressources des attaquants étaient bien plus nombreuses qu'ils ne se l'étaient imaginé. Sans cesse et sans cesse, les forces se relayaient pour ne former plus qu'une organisation qui pourrait durer longtemps encore, bien plus longtemps que les forces des chevaux et des Êtrarù qui étaient assaillis.

Bringad hennit en un cri de douleur et fit remettre à Bosco les pieds dans la réalité concrète. Un loup avait réussi à atteindre de ses crocs une patte du cheval. D'un hamàn rapide, le jeune Humain fit guérir la plaie et agoniser l'agresseur. Bientôt, la sueur s'invita dans sa chevelure emmêlée. Ils n'étaient pas venus pour ça… Leur but avait été d'être les plus discrets possible et les voilà repérés par une, deux, non, trois meutes pour le moins, d'animaux enragés et déterminés.

« Super, la discrétion ! » pensa-t-il avec une certaine ironie, assourdi par les hurlements des ennemis.

Danôlk répondit soudain avec une rage impatiente aux cris de leurs assaillants. Il trancha avec sa hache bien aiguisée une dizaine de bêtes en quelques secondes. Celles-ci commencèrent à reculer devant sa détermination. Debout sur les feuilles mortes, le Vurcolisse commença une danse avec les loups et son arme.

Beaucoup furent ceux qui périrent sous ses assauts ce jour-là. S'expliquant à ses adversaires :

« C'est qu'on n'a pas prévu d'y passer toute la journée ! »

Revigorés par sa hardiesse, ses camarades vinrent lui prêter main forte. La forêt fut alors témoin d'un fulgurant retournement de situation. La danse de la bataille s'accéléra. Les forces ennemies cessèrent d'affluer et bientôt, ce fut le dernier loup qui s'enfuit en jappant rejoindre sa meute meurtrie.

Chapitre 73
La blessure

Ils soufflèrent. Seules l'herbe piétinée et l'écorce lacérée par de féroces griffes témoignaient du combat qui venait d'avoir lieu. On soigna les chevaux et les Êtrarù qui avaient pâti de l'assaut. Bringad s'en sortit avec un joli bandage qui permettrait à sa blessure de finir de cicatriser.

Danôlk avait une plaie au bras qui ne le faisait pas souffrir et que d'abord personne ne souligna. Ce fut quand il laissa une traînée de sang derrière lui tandis qu'il progressait sur son trolysaf que Gayma le remarqua.

« Attendez, maître Vurcolisse ! Vous êtes blessé !

— Bah, rien de grave, dame Alzibure !

— Mais vous allez nous faire repérer ! »

Sautant à bas de sa monture, elle saisit la sacoche de l'apothicaire et fouilla dans les fioles. Une fois qu'elle eut trouvé l'onguent qu'elle cherchait, elle l'appliqua et attendit.

L'effet devait être immédiat et dans quelques secondes il n'y aurait plus une trace.

Mais le visage du Vurcolisse tourna soudain au blanc, et il s'affaissa dans la boue fraîche de la forêt.

« Maître Vurcolisse ! »

Pour que Danôlk ait réussi à s'évanouir, il avait fallu que cela soit grave. Gayma, les yeux effarés, contemplait l'onguent qui commençait à bouillonner. Elle sortit une dague de son ceinturon et racla la pommade avec des gestes experts.

La blessure n'avait pas cicatrisé et les contours de la plaie avaient viré au noir.

« Non, non, non... »

Personne ne connaissait la signification de ces symptômes. Ils restaient donc là, hagards, les bars ballants, en regardant Danôlk se vider de son sang devenu couleur de nuit. Rawgel s'approcha de Gayma qui fouillait dans la sacoche avec des gestes tremblants, incohérents et imprécis. Les larmes tombaient en torrents de ses yeux bleus.

« Gayma, que se passe-t-il ? »

Ijylda s'approcha. Elle se matérialisa en feuilles mortes et souleva la veste en cuir du nain pour lui permettre de respirer. Puzdag, en écorce, l'aida de son souffle d'homme.

Rawgel maintenait l'Alzibure par les épaules devant lui.

« Gayma. Nous devons savoir. Dis-nous ce qu'il se passe... »

Le ton du guerrier se fit suppliant.

« Gayma... »

Enfin, entre deux sanglots, la jeune femme se permit de parler. Elle hoquetait.

« Son... son sang... il est de... devenu noir !

— Oui, Gayma. Mais ça veut dire quoi, ça ? »

Elle s'essuya les yeux d'un revers de manche, puis elle plongea ses yeux dans ceux de son interlocuteur. Elle avait le visage rouge d'indignation. On lisait en elle la révolte.

« J'ai utilisé sur moi-même cet onguent pas plus tard qu'hier. Il fonctionnait très bien. Il a dû être remplacé par je ne sais quoi. Quand le sang vire au noir, ça veut dire que le plus puissant poison de l'univers coule dans les veines de la victime. Il va dépérir. Mourir atrocement sans rien laisser paraître.

— Pardon ? »

Tous avaient entendu la déclaration de l'Alzibur. Ils étaient abasourdis par la tirade. Mais aucun n'alla jusqu'à penser ce que leur révéla Gayma.

« Ce qui veut dire qu'il y a un traître parmi nous ! »

Elle avait le regard dur, implacable.

« Vous ne comprenez donc pas ? »

Ils la regardèrent. Ils ne comprenaient pas où elle voulait en venir, tant ils étaient consternés par l'avalanche d'informations qui venait de dévaler sur leurs esprits.

« Si Danôlk venait à mourir et que Ad Dùbarm venait à l'apprendre… »

Sa voix s'éteignit avant même de franchir sa gorge. C'est donc dans un murmure qu'elle avoua :

« C'est la guerre ! »

Elle éclata en sanglots.

Chapitre 74
Absence de vie

Gayma se dégagea d'un geste de Rawgel.

« Je vais essayer de faire quelque chose pour lui. »

Elle s'agenouilla auprès du large corps inerte et imposa ses mains sur la traître blessure qui s'était élargie. Elle s'abîma dans les méandres de l'esprit de son camarade.

Elëa observait Gayma. L'Alzibure doutait que même une guérisseuse élite puisse réaliser un tel exploit. Foulant de long en large la terre meuble du feuillage abrité, elle réfléchissait à toutes les conséquences de la mort de leur compatriote. Plus qu'une traîtrise, plus qu'une guerre entre les deux peuples, cela pouvait entraîner des évènements inimaginables et catastrophiques. Elle se balaya les yeux d'un revers de la main pour chasser les noires pensées qui assaillaient sa conscience. Elle s'accota à un arbre et attendit, silencieuse, calme, imperturbable à l'extérieur, mais au-dedans, elle était effondrée.

***

Rien. Que du noir épais et insondable. Des milliers de fragments qui tentaient de se recoller mais qui se repoussaient involontairement. Pas la moindre lumière qui pût subsister à cette détresse.

Gayma constata douloureusement que Danôlk avait lâché prise. Il avait abandonné dans la lutte de la mort contre la vie. Sa vie cédait comme une rivière gelée lorsque les beaux jours reviennent. Gayma progressait sans dommages. Il fallait d'habitude forcer le passage. Ici, aucune résistance. Cet état d'esprit n'était connu de Gayma que chez les morts.

« Oh non… »

Elle avançait droit devant elle. Les débris de vie se décalaient d'eux même. Pourtant, un lui résista. Elle le poussa, sans succès. Non, ce n'était pas possible. Si quelque chose lui résistait encore, c'était que…

« Danôlk ? M'entendez-vous ? »

Les chances de survie étaient minces, et pourtant elles étaient là, bien présentes, fragiles, mourantes, mais présentes.

« Êtes-vous là ? Par pitié, maître Vurcolisse, êtes-vous vivant ? »

Le silence complet. Pourtant, il sembla à Gayma qu'une lumière brilla, plus audacieuse que les étoiles qui s'étaient éteintes tout autour. Là, la petite flamme de vie du Vurcolisse subsistait. Au moindre souffle, elle pouvait s'éteindre. Vacillante, timide.

Gayma retint un sursaut de joie. Si elle transmettait suffisamment d'énergie à la flamme, Danôlk pouvait survivre.

Chapitre 75
Libération

Ce fut une libération. La poitrine n'était plus oppressée. Elle se remit à aspirer l'air goulûment.

Gayma enfin avait réussi. Par quel prodige ? Nul ne le sût. Pourtant oui, Danôlk était là, vivant, yeux ouverts, et contemplait le feuillage ensoleillé dans lequel un rayon passait pour arroser la barbe piquante du Vurcolisse.

« Maître Vurcolisse, vous êtes vivant ! » s'exclama-t-elle, émergeant du monde ténébreux dans lequel elle avait plongé.

Il lui répondit, avec un sourire :

« C'est "Danôlk" et "tu", pour les intimes », lança-t-il à tout le monde.

Gayma lui sourit à son tour. Elle avait gagné la confiance et l'estime du Vurcolisse.

Le cœur léger, ils se remirent en route.

Chapitre 76
La cachette

Walsckhum releva la tête. Quelque chose venait d'entrer dans le village. Il laissa là son activité et chercha Gurguve du regard, mais ne le vit pas. Il se mit à courir pour aller voir ce qui se tramait. À son approche, il vit un homme de forte stature qui courut à lui, le saisit par l'épaule et l'engouffra dans une ruelle.

« Mais que…

— Silence ! Ce sont des guerriers qui vous cherchent. Ils ont des Vurcolisse et des Karim parmi eux. Ça n'augure rien de bon. Malgkam et les autres sont en train d'essayer de les retenir le plus longtemps possible. Allez vous cacher dans un endroit sûr. Nous viendrons vous chercher quand ils seront repartis.

— Mais… se cacher où ? » questionna Walsckhum.

Quelques guerriers du village de Jyntaïmor étaient venus entourer le jeune homme qui ne comprenait rien.

« Suivez-nous ! » dit l'un d'entre eux.

S'engagea alors une course folle entre Walsckhum et le temps. Le petit groupe arriva finalement devant une petite hutte perdue parmi d'autres, en bordure du village. Un escalier descendait tout droit dans un sous-sol dans lequel s'entassaient les récoltes de la cueillette du village. Un homme pouvait facilement s'y dissimuler. Mais les hommes se dirigèrent droit vers une échelle cachée derrière deux gros sacs de noix. Ils la levèrent vers le plafond et poussèrent Walsckhum devant eux. Il gravit les échelons. Une trappe, invisible depuis le sol, se dessina sous les yeux ébahis de l'Alzibur. Mais en bas, on le sommait de faire vite ; il souleva alors l'astucieuse porte de la cachette pour découvrir une pièce poussiéreuse mais assez agréable pour y vivre plusieurs semaines, voire plusieurs mois. Un endroit du toit était moins serré que les autres ce qui permettait d'observer l'extérieur. Quelques sacs de fruits et légumes mangeables crus étaient entassés dans un coin de la salle. Un amas de paille gisait dans un coin, sans doute un lit. Quelques rats couraient sur le plancher pour aller se réfugier, silencieux. Un petit secrétaire sur lequel il y avait une chandelle éteinte et un grand couteau trônait au milieu de la pièce. Dans un coin, il y avait une petite réserve de cierges.

Walsckhum entra et alla allumer la bougie. Il remercia chaleureusement les hommes qui le saluèrent d'un signe de tête, refermèrent la rappe, remirent l'échelle en place et s'en allèrent.

La première chose qu'il fit fut d'essayer d'apercevoir les étrangers qui demandaient à le voir. Il ne distinguait qu'un groupe de cavaliers bien équipés. Il vit aussi les Vurcolisses. Il passa quelque temps à étudier du regard les trolysafs, il n'en avait jamais vu. Les Karim restaient invisibles. Mais il ne put rien apprendre de plus.

Il soupira et essaya d'aménager son nouveau lieu de vie. Il agrandit l'ouverture dans le toit à l'aide du couteau. Le vent put aérer la pièce avec facilité et pousser les souris dans leur trou. Il lui fut alors curieux de ne plus rien entendre, lui qui s'était réhabitué au tapage quotidien. Plus un son, seul le bruit de sa respiration calme et de ses pas sur le sol. Les bruits du dehors étaient sourds et lointains. La lumière vacillante de la chandelle finit par s'éteindre, le soleil disparut derrière les montagnes. Walsckhum s'étendit sur la paillasse et s'endormit.

Chapitre 77
L'inconnu

Plusieurs jours étaient passés. Walsckhum s'était fait à sa nouvelle vie en solitaire. Il se leva, se frotta les yeux et se dirigea vers un petit sac dans lequel il plongea sa main pour manger quelques fruits peu goûteux mais très nourrissants. Il alla ensuite observer le village comme il avait coutume de la faire depuis son arrivée ici.

Soudain, un bruit lui fit dresser l'oreille. Plusieurs personnes étaient entrées dans la cave, sous ses pieds. Elles ne semblèrent pas remuer ou le chercher. Ils se dirigeaient droit vers un endroit précis. Un Êtrarù attrapa quelque chose. Au bruit que cela fit sous les pieds de Walsckhum, il sursauta.

« L'échelle ! »

Étaient-ce les hommes qui l'avaient caché ou bien un inconnu du groupe de cavaliers ? Quoi qu'il en soit, l'Êtrarù se mit à grimper les échelons et la trappe se souleva.

C'était un inconnu. Walsckhum, protégé par l'ombre des recoins que la lumière ne parvenait pas à éclairer, parvint à distinguer une cape sur ses épaules. On reconnaissait aux traits de ce visage un Humain.

Ce dernier entra tout à fait dans la pièce, et se dirigea droit vers Walsckhum. Il l'avait déjà repéré malgré l'ombre. Il s'arrêta à un mètre de celui qui avait tenté de se dissimuler.

« Walsckhum ?

— C'est moi. »

Ce fut tout pour l'instant. Ils restèrent un moment en silence.

« Je fais partie de cavaliers qui sont entrés dans le village. Je m'appelle Bosco. »

Aucune réponse. Walsckhum était sur la défensive. Personne ne l'avait prévenu de cette visite. Ce qui l'incitait encore moins à la confiance était la grande épée nouée à sa ceinture et le carquois muni de flèches accroché en bandoulière autour du torse de l'homme.

Bosco inspira fortement et décida d'attaquer la conversation de but en blanc.

« Ton ancêtre s'appelait… Sabarîm ? »

Ce fut le déclic.

« Oui…

— Il était général à la bataille des Deux Épées.

— Non, il est mort alors qu'il était adolescent. Il ne pouvait pas être vivant à cette bataille. »

La pièce tourna autour de Bosco. Tout depuis son arrivée dans ce monde lui avait paru si cohérent qu'il avait fini par y croire. Ce qu'il pensait être la réalité n'était-il donc qu'un rêve sans queue ni tête ? Pourquoi le Sabarîm en question n'allait pas avec l'histoire, alors que jusque-là, tout avait coordonné parfaitement ?

Bosco dut s'asseoir sur le plancher craquant pour assimiler la nouvelle.

Ce fut à ce moment-là que la trappe fut brutalement refermée et que des cris parvinrent aux oreilles des deux jeunes gens. Walsckhum se précipita à l'ouverture dans le toit. Il ne vit rien d'autre qu'une fumée piquante qui provenait d'un incendie.

Jyntaïmor était en flammes.

Chapitre 78
Le rapport du coursier

Yougnamar, assis à son bureau, se tournait les pouces. Voilà plus d'une lune que son envoyé n'était pas revenu. Gurzute n'était pourtant pas stupide. S'il avait été retenu quelque part, il l'aurait fait savoir à son maître. D'autres messagers de Yougnamar étaient partis à la recherche du jeune garçon, ils étaient tous revenus bredouilles. Le bonhomme se leva de sa maigre chaise qui commençait à courber sous son poids. Les mains dans le dos, il contemplait la rue, dehors en contrebas, espérant apercevoir à la lueur des torches le dernier cavalier qu'il avait envoyé, son dernier espoir. Cela faisait maintenant plus de cinq jours que le messager aurait dû revenir, et Yougnamar commençait sérieusement à se ronger les sangs.

Enfin, un bruit de pas sur le pavé mal entretenu résonna dans la rue large. Un cheval stoppa net devant la grande porte qui conduisait aux écuries de Yougnamar. Le cavalier portait une cagoule noire, des vêtements noirs et une cape noire, le rendant invisible dans la nuit. Yougnamar dévala les escaliers au plus vite que le lui permettait sa rondeur, traversa toute la grande maison et se précipita dans la cour. Il fit fi des politesses de ses employés et demanda sans prendre de détours délicats :

« L'as-tu trouvé ? »

Le cavalier retira sa cagoule et la lumière dansa sur son visage frais et ses cheveux ébouriffés.

« Qui ? Je n'ai pas trouvé l'un mais j'ai trouvé l'autre. »

Yougnamar se mit à trépigner. Il allait préciser sa question quand il s'aperçut que tous les pages et les gens de la maison avaient les yeux rivés sur les deux interlocuteurs.

« Continuons à l'intérieur. »

Ils passèrent la porte de la maison, progressèrent dans un long couloir sur les côtés duquel plusieurs petites pièces avaient une place. Le corridor menait à une porte. Une fois la porte passée, ils pénétrèrent dans une immense salle à manger qui faisait aussi office de salle de séjour. Plusieurs escaliers en partaient. Yougnamar et le jeune homme prirent celui tout à gauche et grimpèrent les marches pour enfin arriver dans le bureau du maître des lieux. Celui-ci vérifia que personne ne les épiait et ferma la porte qui grinça.

« Dis-moi tout.

— J'ai retrouvé les traces de Bosco. Ne vous inquiétez pas, ses compagnons et lui-même se portent bien et sont en bonne voie pour accomplir leur mission. D'après ce que j'ai compris, ils n'ont pour l'instant besoin d'aucune des aides que vous avez songé à leur porter. Je n'ai pu qu'apprendre qu'ils étaient dans Envaya. C'est tout.

— Et Gurzute ? S'il est resté sur place aussi longtemps, il a dû apprendre davantage et avoir plus de précisions sur Bosco…

— Gurzute, je… je l'ai vu, et même de très près »

Yougnamar fit volte-face.

« Lui as-tu parlé ?

— Non. Gurzute est mort. »

Le plancher dansa sous les jambes du chef de maison. Le messager se précipita pour le retenir avant qu'il ne s'affaisse totalement par terre.

De l'autre côté de la porte, quelqu'un dévala les escaliers. Il avait apparemment échappé à la piètre vigilance impatiente de Yougnamar. Juste avant de disparaître dans l'un des autres escaliers, il murmura pour lui-même.

« J'en sais assez pour avertir le Maître… »

Chapitre 79
Prisonniers

Bosco s'était relevé. Il contemplait le désastre à travers le chaume du toit.

Lorsqu'il tenta d'essayer de viser les flammes avec quelques jets d'eau froide, rien ne se passa. L'yhlamàn n'agissait plus. Le jeune homme se précipita vers la trappe et la tira de toutes ses forces. Elle avait été fermée de l'extérieur. Il persévéra et voulut la soulever. Il se cambra, se raidis, tira, mais rien ne vint. La trappe était verrouillée. Walsckhum s'était accroupi sur le plancher. Il le regarda et dit :

« On n'y peut rien. Ce lieu a été aménagé comme un refuge. Il devait protéger ses occupants même si les ennemis avaient découvert la cachette. La trappe est solide et résiste à tout guerrier aguerri. Les seules personnes qui peuvent l'ouvrir sont celles qui l'ont verrouillée. On nous a enfermés.

— Mais… qui ? » murmura Bosco.

Les flammes n'avaient pas atteint le lieu où ils se trouvaient et achevaient leur œuvre criminelle avant de mourir dans un crépitement sinistre.

« Ce que je ne comprends pas, reprit Walsckhum, c'est comment l'incendie a pu se déclencher. »

Un cri plus puissant que les autres atteignit leur chaumière et ils l'entendirent. Ce n'était pas un cri de détresse, mais un cri de haine pleine et gratuite, sans limites. La voix était rauque et les deux Humains reconnurent tout de suite de qui il s'agissait.

Le village avait été attaqué par des Zorbags.

***

Ils faisaient les cent pas dans la petite pièce.

Bosco avait tout tenté avec ce qui était en son pouvoir, mais ses hamàn étaient bloqués avec lui dans la cachette et n'en dépassaient pas les murs.

Ils s'assirent donc, tous les deux, ne sachant que faire, prisonniers de leur propre refuge.

Chapitre 80
Conversations

Durant les heures qui suivirent, personne ne vint les chercher. Par l'orifice dans la paille, ils purent voir une troupe de Zorbag qui avait pris possession de Jyntaïmor. Les villageois, encordés entre eux, étaient mis lamentablement dans des cases qui avaient été vidées et préservées des flammes. Le feu avait fini son office, ne laissant derrière lui que des cendres, témoins d'un terrible assaut.

***

Personne n'avait vu venir l'attaque. Aussi, quand les sbires de l'Ennemi avaient pénétré en furie au milieu des habitations éparses, aucune résistance n'avait riposté face à la violence.

Rawgel, Laïgo, Boldemire, Elëa, Gayma, Ijylda, Puzdag, Falimos, Danôlk, ils étaient tous là. Prisonniers eux aussi.

Mais pas l'un d'entre eux n'avait une idée d'où pouvait être Bosco. Ils espéraient qu'il avait pu s'échapper à temps avec le dénommé Walsckhum, pour qui ils étaient venus. Bosco pourrait peut-être réussir à aller quérir de l'aide dans les autres villages qui entouraient la Forêt Noire, qui disait-on, étaient unis comme les doigts de la main.

Rawgel reçut alors un appel télépathique, et écouta.

***

« Rawgel, tu m'entends ?

— Bosco ?

— Oui, c'est moi. »

Rawgel souffla.

« Tu es réussi à t'échapper ! Où es-tu ?

— Attends, je suis dans Jyntaïmor, aussi prisonnier que toi.

— Pardon ?

— Je suis avec Walsckhum, dans un… lieu qui était prévu comme refuge, et on nous y a enfermés. Depuis le début de l'attaque, nous sommes cloîtrés ici, attendant de pouvoir sortir.

— Tu ne peux pas… je ne sais pas, moi ! Mais, normalement, tu pourrais t'en sortir tout seul ! Quelques hamàn et tu peux être libre, tout simplement ! Nous, nous sommes surveillés, pas simplement enfermés !

— Ne t'inquiète pas, j'ai déjà essayé, mais c'est comme si j'étais bloqué, je ne peux rien faire. Crois-moi, je ne suis pas resté les bras croisés depuis le début ! Je viens tout juste d'essayer la télépathie, et on dirait que ça marche ! Mais vous, qu'attendez-vous pour intervenir ?

— Ils ont du carissam. On ne peut rien faire, même Ijylda et Puzdag sont prisonniers.

— Il ne nous reste plus qu'à attendre…

— Et de ton côté, Walsckhum, c'est bien lui ?

— Je ne comprends pas… Son ancêtre, oui, s'appelait Sabarîm, mais il est mort à la naissance du garçon. Ça chamboule tout !

— De toute façon, notre préoccupation première sera de s'échapper d'ici, pour l'instant.

— Pour l'instant, oui… »

Ils se turent. Bosco soupira. Il repensa à ses premiers jours à Nawgëlsky. Le Messager, le bateau, les plages… Non, il n'était pas dans un autre pays, mais dans une autre dimension. Il avait eu ses réponses à toutes ses questions… Enfin presque.

Le mystère de la flèche qui s'était planté sous son nez dans un arbre à son arrivée restait entier.

***

Alors qu'il en était arrivé à là dans ses pensées, il reçut un autre appel télépathique, qui ne venait d'aucune personne de sa connaissance.

« Monsieur Bosco ? »

Il crut qu'il avait mal entendu et ne répondit d'abord pas. Hormis Cartiofs, il ne connaissait personne qui était Télépathe, pourtant la voix féminine répéta sa question.

« Monsieur Bosco ? M'entendez-vous ? »

Il se résolut finalement à répondre. Walsckhum l'observait en silence.

« C'est moi. Que me voulez-vous ? Gare à vous si vos intentions sont mauvaises…

— Ne craignez rien. Je suis de votre côté. Je travaille pour la perte de l'Ennemi.

— Nous verrons bien… Je vous écoute.

— Je me nomme Astrid. Je suis Songeuse et Télépathe. Je fais partie d'un réseau chargé de surveiller le moindre mouvement de l'Ennemi. Ça s'accélère par là-bas. Il ne va pas tarder à frapper. Votre présence, ainsi que tous les membres de la Cinq Espéry, est requise d'urgence.

— C'est que... Nous sommes à la merci d'un léger contretemps. Nous sommes prisonniers d'une troupe de Zorbags qui attaqua le village où nous prenions logement.

— Qu'attendez-vous pour vous déchaîner ? Nous savons et connaissons l'importance de la puissance de votre yhlamàn, associé à celui de vos compagnons.

— Nous sommes dispersés. Nous ne pouvons rien faire ! »
Elle sembla ne pas comprendre.

« Agissez. Nous avons besoin de vous tous réunis à Ayfassac, le plus tôt possible. Nous vous attendons. Au revoir, et bon courage ! Par la Lumière triomphera ! »

Elle s'en alla, laissant Bosco livré à lui-même.

Chapitre 81
Révélation

Astrid se massa les tempes. Elle avait complètement été dépassée par les récents évènements. Mais l'une des choses qui la tracassaient le plus était Sévhol.

Elle l'aimait toujours d'un amour enflammé, mais ne se l'avouait pas. Elle ne se l'était plus permis. Ce qu'elle avait appris depuis un an l'éloignait de Sévhol, et ils en souffraient tous les deux, elle le savait.

Elle soupira.

***

Bosco contempla l'Alzibur qui était assis à côté de lui.

« Ainsi, ton ancêtre est mort. Tu t'appelles Walsckhum, il s'appelle Sabarîm, et pourtant, plus rien ne colle… Nous pensions que tu faisais partie de la Cinq Espéry…

— Pourquoi vous croirais-je ?

— Pourquoi ne nous croirais-tu pas ? »

Il se tut. Bosco insista.

« Crois-moi, si je t'avais voulu du mal, tu ne serais plus vivant, et pourtant, je te parle, je t'entends et je te vois. Je ne suis pas du genre à parler aux choses… mortes.

— C'est censé prouver quelque chose ? Tu pourrais aussi, je ne sais pas, moi ! Tu pourrais aussi vouloir m'employer comme esclave ou quelque chose de ce genre ! »

Bosco éclata de rire à cette seule pensée. Il rassura le jeune homme et il redevint sérieux.

« Je ne te juge pas. On a tous le droit d'être méfiants ; si tu n'as pas confiance, libre à toi ! »

Il fit une pause.

« Moi aussi, en arrivant dans cette dimension, je ne savais pas trop à qui me fier. Je me suis laissé guider, et aujourd'hui je suis fier de mes choix. »

Le mot « dimension » piqua au vif la curiosité de Walsckhum, et il releva la tête malgré lui.

« *Cette* dimension ? Y en a-t-il une autre ? »

Il connaissait déjà la réponse, mais n'osait croire que son interlocuteur ait pu un jour s'y rendre.

« Oui, et j'en viens. »

Walsckhum ouvrit la bouche si fort qu'il faillit se casser la mâchoire.

« Je suis né dans cette autre dimension, j'y ai grandi, j'y ai vécu, j'y ai appris. Voilà quelques semaines que je suis arrivé dans ce monde, dans Nawgëlsky. Je suis un Humain.

— Mais alors, comment es-tu arrivé ici ? Je ne savais pas qu'on pouvait voyager entre les deux mondes…

— Je t'avoue que je ne sais pas trop encore. Mais les faits sont que je suis ici, et que je pensais en te voyant avoir trouvé quelqu'un de la Cinq Espéry. »

Walsckhum hoqueta. Trop d'informations de ce genre en une seule fois, c'était beaucoup. Bosco fut tout de même admiratif de voir qu'il encaissait si bien la chose.

Walsckhum se reprit et avoua :

« Vous n'êtes pas le premier à venir me demander si j'étais le fils d'un Sabarîm.

— Comment ton aïeul est-il mort ? »

L'Humain savait qu'il ravivait des souvenirs, peut-être douloureux, mais il fallait qu'il sache.

« Je ne sais pas, reprit l'autre en baissant la tête.

— Comment l'a-t-on su ?

— Il est parti vers la Forêt Noire et n'est jamais revenu. Nul ne sait ce qu'il est devenu. Nous avons tous tenté de percer le mystère de sa mort, et ainsi de génération en génération. Moi-même j'y suis allé, sans aucun succès, ni même le moindre indice. »

Walsckhum se tut. Une vision était en train de le percuter de plein fouet.

***

Sabarîm souffla. Sa course commençait à le fatiguer. Il regarda derrière lui : il n'y avait plus personne. Le jeune Alzibur s'arrêta net, haletant. Il aurait tant souhaité marcher tranquillement encore une minute, et voir sa ferme au bout de l'allée. Là, il irait siroter une bonne petite tisane avant de se laver et de se coucher, entouré par les siens et leur affection.

Mais il savait que ce qu'il avait fait n'était pas inutile. S'il avait quitté tout ce qui lui appartenait, s'il n'avait plus rien, c'était pour sauver sa famille et le monde entier, tout simplement. Le jeune garçon voulait devenir soldat contre l'avis de ses parents, qui habitaient dans un petit village au sud de Balp, près de la frontière nord du royaume. Sabarîm était persuadé qu'être soldat du roi était véritablement nécessaire et surtout un véritable honneur. L'adolescent avait entendu par les

« on dit » que la situation se gâtait. Un Sabkal avait décidé de conquérir Nawgëlsky, et Sabarîm avait bien conscience qu'ils avaient besoin de main-d'œuvre dans leur armée pour le combattre. En quittant sa famille, l'Alzibur savait qu'on le croirait mort. Il s'en moquait éperdument. Pour lui, la seule chose qui comptait était de la sauver, cette famille qu'il aimait tant. Il partait vers le sud pour se former à Dyrlimar. Après, s'il en sortait, il poursuivrait l'entraînement militaire et peut-être qu'il réaliserait son rêve : intégrer le corps de l'armée royale.

Le jeune Sabarîm ne savait pas qu'il allait faire bien mieux : il allait devenir général des armées et, uni aux autres peuples, il allait repousser l'Ennemi à la bataille de Lonngabel.

**

Chapitre 82
La visite inattendue

Walsckhum haletait. Il regardait Bosco à la manière de quelqu'un qui aurait perdu la raison : il ne comprenait pas. Devant l'interrogation de Bosco, l'Alzibur comprit qu'il devait fournir des explications précises. Si ce qu'il avait vu était vrai, tout s'éclairait.

Il raconta à l'Humain sa vision en détail.

« Je ne sais pas d'où ça m'est venu, ajouta-t-il. Je n'ai jamais vu cette scène et pourtant, il avait certains de mes traits. C'est sûr, c'était Sabarîm et c'est mon ascendant. Je… »

Il fit une pause avant de conclure ce que tous deux n'osaient croire :

« Je fais donc partie de la Cinq Espéry ! »

***

Un bruit sourd sous leurs pieds attira leur attention, et leur cœur se mit à battre plus vite. Ils devinèrent tout de suite que la chose qui qu'elle soit connaissait l'existence de leur cachette, cela ne faisait aucun doute. À mesure que le bruit s'intensifiait, ils devinèrent qu'il y en avait plusieurs. La trappe se souleva lentement. Bosco avait son épée en main, son arc non loin de lui, et son yhlamàn prêt à surgir si l'ouverture de la trappe en permettait l'usage et si le nouveau venu en valait la peine.

Une tête émergea de la trappe. C'était un Zorbag. Il ne portait aucune arme sur lui.

Le nouvel arrivant évita de justesse un coup d'épée tranchant de la part de l'Humain.

« Attendez ! » cria-t-il.

Mais Bosco ne semblait pas l'entendre. Le Zorbag se mit sous protection yhlamàne et fut inatteignable. Bosco nota cependant le hamàn, comprenant qu'il pourrait désormais lui aussi en user si cela s'avérait nécessaire

« Vous n'écoutez jamais quand on vous parle. Laissez-moi une chance. Je ne porte pas d'armes. »

Il chuchotait. Bosco ne lâchait pas son arc. Une flèche était encochée, prête à fuser.

« Je me nomme Fulg. Je viens vous proposer un marché. »

Comme il n'y eut aucune réaction de la part de ses interlocuteurs, le Zorbag se crut invité à poursuivre :

« La liberté contre votre promesse de vaincre l'Ennemi.

— En quoi devrais-je vous croire ? lança Bosco, plein de méfiance. »

Le Zorbag écarta les mains et les montra vides de toute arme. Bosco vit dans ses yeux rouge sang une honnêteté sincère. Pour la lui montrer, Fulg enleva son bouclier, se mettant ainsi à la merci de l'Humain. Bosco ne cilla pas.

« Pourquoi feriez-vous ça ?

— Pour prouver que tous les Zorbags ne font pas forcément alliance avec l'Ombre, mais aussi avec la Lumière. Pour vous dire que dans la bataille à venir, vous compterez des alliés à cornes à vos côtés, et qu'ils vous seront fidèles. »

Bosco baissa son arc. Sa curiosité était piquée à vif et il en oublia toute prudence.

Le Zorbag retroussa ses lèvres charnues pour dévoiler des dents d'une taille effrayante. C'était un sourire.

« Alors, écoutez seulement ce que vous allez devoir faire. Nous sommes un petit groupe de votre côté, mais tous les autres ont juré votre mort. Nous allons donc devoir agir avec discrétion. Vous êtes pour l'instant nos captifs, et nous vous conduisons dans une case à part qui devra vous servir de prison. »

Aussitôt, Bosco releva sa flèche. Dans ses yeux brillait l'indignation. Le Zorbag reprit sans s'en soucier :

« Du moins, c'est la version que nous donnerons à ceux qui servent l'Ombre. Nous vous laisserons deux ou trois nuits dans la case. Si vous vous enfuyez tout de suite, les soupçons seraient levés contre moi et mes guerriers à la solde de la Lumière. Nous serions condamnés à mort, et nous ne pourrions plus continuer en temps qu'espions dans le camp de l'Ennemi. Car votre libération n'est ni la première ni ne sera la dernière chose que nous ferons pour la Lumière. Bref, c'est au bout de trois jours que nous vous libérerons. À une seule condition.

— Laquelle ?

— Celle que j'ai mentionnée tout à l'heure, celle de vaincre l'Ennemi. Vous devez l'anéantir. Sans promesse d'accomplir cet acte ou au moins d'essayer d'y parvenir, vous pouvez rester à croupir ici. Je sais que vous faites tous les deux partie des membres de la Cinq Espéry. »

Walsckhum et Bosco se consultèrent du regard. Avait-il raison ? Le Sabarîm du souvenir était-il celui de la Cinq Espéry ? Cela confirmait leur conclusion.

« Je sais que vous avez les capacités pour rendre à la Lumière sa juste place. Alors maintenant, j'attends votre réponse. Elle sera définitive, alors réfléchissez bien. »

Le Zorbag redescendit, les laissant seuls pour débattre. Mais ils avaient déjà pris leur décision, il n'y avait pas à hésiter.

Ils suivirent Fulg. Les Zorbags qui les attendaient en bas se mirent à sourire. Ils les ligotèrent solidement et avancèrent en ligne droite dans le village devenu terriblement silencieux. Ils parvinrent finalement à une autre case, dans laquelle ils retrouvèrent tous les villageois enchaînés, les yeux bouffis par les larmes d'inquiétude qui n'avaient cessé de couler.

Chapitre 83
Évasion

Les jours s'égrenèrent, lents comme jamais. Les prisonniers perdaient toute notion du temps. Ils s'organisaient pour compter les heures qui passaient, puis les jours. Un jour, deux jours, trois jours, quatre, cinq, six... Bosco s'était fait duper. Il avait été stupide d'accepter une telle proposition. Et pourtant, il avait cru lire de la bonté chez ce Zorbag...

Au soir du septième jour, la porte de la grande case s'entrebâilla. L'obscurité du dehors avait lâché son lourd manteau. Une silhouette couverte des pieds à la tête entra. Elle s'arrêta un instant, balaya du regard la pièce circulaire et ses prisonniers.

Et il parla. Mais pas à haute voix comme on avait coutume de le faire. Il fit un appel télépathique, et tout le monde put entendre son discours, sans que les autres, dehors, puissent en saisir une seule bribe.

« Je me nomme Fulg. Je viens vous libérer. Aucun de vous ne doit faire le moindre bruit ou tout le monde est fichu et bien fichu. Je vous mande de me faire confiance. Je suis un Êtrarù au service de la Lumière, et quelques-uns de mes partenaires couvriront votre fuite. Je vais vous demander de nous attacher solidement avec votre carissam, moi et ceux qui me sont alliés ;

nous ferons croire que vous vous êtes échappés sans que nous ayons pu nous défendre. »

Bosco intervint :

« Vous allez être condamnés à mort pour avoir laissé s'enfuir tant de prisonniers.

— Non. Nous avons une influence particulière, ne vous en faites pas. »

Une femme interrogea mentalement :

« Mais nous avons des nouveau-nés, pourront-ils seulement se taire ? Ils ne se contrôlent pas.

— Nous y remédierons, ne vous inquiétez pas. Un sort qui durera quelques heures les tiendra muets. »

La femme eut l'air effrayée, serra son enfant dans ses bras mais acquiesça. Ijylda et Puzdag attachèrent Fulg et les autres Zorbags solidement sans pour autant leur faire mal. Fulg insista :

« Frappez-moi.

— Jamais ! Cela suffira, ils vous croiront.

— On ne sait jamais. Frappez-moi. »

Devant les de maintes insistances et devant le manque de temps qu'ils avaient, Bosco céda. Il frappa le Zorbag. Un filet de sang noir coula de la tempe de Fulg. Bosco, ému, le contempla.

« Je n'oublierai jamais ce que vous avez fait pour nous. Je n'aurais pas dû douter de vous. Adieu, Fulg.

— Bonne chance, Bosco. Ne me décevez pas. Je ne tiens pas à avoir fait tout ça pour rien. Mais je sais que vous êtes à la hauteur de mes attentes. Des miennes et de celles de tous ceux qui baignent dans l'Espoir. Je ne suis pas le seul à croire en la Cinq Espéry. Beaucoup attendent, Bosco. Bonne chance. »

Le Zorbag gisait, un bâillon entre les lèvres et les pieds et les mains attachés avec un lien de carissam. Les villageois avaient filé, mais le reste du groupe attendait Bosco, qui sortit une dernière fois de la case. Un nouvel arrivant avait intégré la troupe.

Walsckhum s'était joint à eux. Plus de doutes, il était le dernier membre de la Cinq Espéry. Ils étaient là, réunis au complet.

Chapitre 84
Pétales de rose

Bosco courait, son épée en bandoulière dans le dos. Au contact du soleil, les bourgeons des arbres en fleur s'ouvraient et profitaient de la chaleur qui leur caressait la face.

L'Humain avait oublié ce que cela faisait de s'entraîner de bon matin. Des gouttes de sueur fraîches vinrent perler dans son cou, sur son visage, sur ses mains, mais il ne ralentit pas l'allure. Bringad courait derrière lui, s'adaptant à son rythme. Les poignards gainés dans la ceinture qui maintenait son pantalon de grosse toile martelaient les cuisses de Bosco. Le soleil sortait, et se fit réconfortant, chaud et doux. Bosco stoppa net sa course dans une clairière bordée d'arbrisseaux couverts de pétales blancs. Il avait perçu un craquement sur sa droite. Il sortit un poignard, vérifia qu'il était aiguisé, se mit en position de tir et attendit. Il se fit le plus silencieux possible, prêt à lâcher son arme sur l'intrus si nécessaire. Enfin, ce dernier entra dans la petite clairière. C'était Elëa.

Elle s'arrêta, surprise, essoufflée. Dans sa course, elle n'avait pas fait attention au jeune homme qui lui faisait face. Bientôt arriva Comète, trottant derrière elle. Il alla caracoler en compagnie de Bringad, laissant les deux jeunes gens seuls.

Le cœur de Bosco s'accéléra. Elëa n'avait pas bougé. Elle le regardait en silence.

Elle était belle dans le soleil d'aurore. Un vent matinal vint détacher quelques pétales qui tournoyèrent autour d'eux, leur caressant les cheveux. Ils restaient immobiles, loin l'un de l'autre. Bosco sentit ses joues s'enflammer. Il devait dire quelque chose. Pour quoi ? Pour s'engager, lui et elle, sur un chemin qu'ils ne connaissaient pas ? Ou allait-il complètement changer de discussion pour faire dévier le sujet ? Mais il savait très bien que ni lui ni elle ne le voulait.

Il rengaina son poignard et s'avança d'un pas. Elle fit de même. Ils firent tous deux un pas vers l'autre.

Le cœur d'Elëa battait à tout rompre. Ils allaient bientôt ne plus pouvoir avancer. Elle ne savait que faire, elle laissait son cœur prendre le dessus. Il tambourinait comme elle ne l'avait jamais senti. Elle ressentait ses battements. Ses yeux fixèrent ceux de Bosco. Il saisit ses mains. Elle se laissa faire. Il comprit que c'était la femme qu'il voulait aimer pour toujours. Et ils s'arrêtèrent, l'un en face de l'autre, les yeux bruns dans les yeux verts. Elle leva la tête, il inclina la sienne, et ils s'embrassèrent.

***

Bosco rangea son épée. Il monta sur Bringad, suivi par Ijylda, Danôlk, Walsckhum. Il ne manquait plus que Taziey pour que la Cinq Espéry soit au complet. Ils devaient aller rejoindre le Zorbag à Ayfassac, but ultime de leur voyage avant la grande bataille. Elëa et les autres se mêlèrent à leur groupe. La gaieté remplit les cœurs ; ils avaient accompli la mission de rassembler la Cinq Espéry.

L'Ennemi devait se tenir sur ses gardes : la Cinq Espéry se levait. La fin de la Terreur allait sonner.

Remerciements

J'adresse mes remerciements à :

La Lumière qui m'a éclairée tout au long de l'écriture de cette histoire.

Fleur, qui a cru en ce livre plus que moi, pour tous les moments partagés à faire vivre *Nawgëlsky*.

Blanche pour ses conseils et son soutien.

Aloyse et Thaïs pour leur enthousiasme.

Pauline, Maguelone et Nil pour leur amitié.

Ma famille pour ses encouragements, sa motivation et sa précieuse relecture, le montage photo de la carte : mes parents, Alaïs, Maguelonne, Lucie. Merci de m'avoir fait prendre mon envol.

Nicaise et toute l'équipe de Le Lys Bleu Éditions pour leur accompagnement tout au long des étapes d'édition de mon ouvrage.

Mes enseignants : monsieur et madame Imbert, madame Flichy, madame Dellerba et tous les autres.

Tous ces auteurs dont les personnages m'ont inspirée et accompagnée : J.R.R. Tolkien avec *Le Seigneur des Anneaux*, C.S. Lewis avec *Narnia*, M. Bobin avec *Magarcane* et tous les auteurs qui m'ont fait rêver.

Enfin, merci à mes grands-parents, oncles et tantes, cousins et cousines pour leur présence.

Imprimé en Allemagne
Achevé d'imprimer en mars 2022
Dépôt légal : mars 2022

Pour

Le Lys Bleu Éditions
40, rue du Louvre
75001 Paris